Tucholsky   Wagner   Zola   Scott   Sydow   Freud   Schlegel
Turgenev   Wallace   Fonatne

Twain   Walther von der Vogelweide   Fouqué   Friedrich II. von Preußen
Weber   Freiligrath   Frey

Fechner   Fichte   Weiße Rose   von Fallersleben   Kant   Ernst   Frommel
Richthofen

Hölderlin

Fehrs   Engels   Fielding   Eichendorff   Tacitus   Dumas
Faber   Flaubert

Eliasberg   Ebner Eschenbach

Feuerbach   Maximilian I. von Habsburg   Fock   Eliot   Zweig
Ewald   Vergil

Goethe   Elisabeth von Österreich   London

Mendelssohn   Balzac   Shakespeare   Dostojewski   Ganghofer
Lichtenberg   Rathenau   Doyle   Gjellerup

Trackl   Stevenson   Tolstoi   Hambruch
Mommsen   Lenz   Hanrieder   Droste-Hülshoff
Thoma

Dach   Verne   von Arnim   Hägele   Hauff   Humboldt
Reuter   Rousseau   Hagen   Hauptmann   Gautier
Karrillon   Garschin

Damaschke   Defoe   Hebbel   Baudelaire
Descartes

Hegel   Kussmaul   Herder

Wolfram von Eschenbach   Dickens   Schopenhauer
Darwin   Rilke   George
Bronner   Melville   Grimm Jerome   Bebel   Proust
Campe   Horváth   Aristoteles

Bismarck   Vigny   Barlach   Voltaire   Federer   Herodot
Gengenbach   Heine

Storm   Casanova   Tersteegen   Gilm   Grillparzer   Georgy
Chamberlain   Lessing   Langbein   Gryphius
Brentano   Lafontaine
Strachwitz   Claudius   Schiller   Kralik   Iffland   Sokrates
Bellamy   Schilling
Katharina II. von Rußland   Gerstäcker   Raabe   Gibbon   Tschechow

Löns   Hesse   Hoffmann   Gogol   Wilde   Gleim   Vulpius
Luther   Heym   Hofmannsthal   Klee   Hölty   Morgenstern
Roth   Heyse   Klopstock   Goedicke
Luxemburg   Puschkin   Homer   Mörike
La Roche   Horaz   Musil
Machiavelli   Kierkegaard   Kraft   Kraus
Navarra   Aurel   Musset
Nestroy   Marie de France   Lamprecht   Kind   Kirchhoff   Hugo   Moltke

Laotse   Ipsen   Liebknecht
Nietzsche   Nansen
Marx   Lassalle   Gorki   Klett   Ringelnatz
von Ossietzky   May   Leibniz
vom Stein   Lawrence
Petalozzi   Irving
Platon   Knigge
Sachs   Pückler   Michelangelo   Kock   Kafka
Poe   Liebermann
de Sade   Praetorius   Mistral   Zetkin   Korolenko

Der Verlag tredition aus Hamburg veröffentlicht in der Reihe **TREDITION CLASSICS** Werke aus mehr als zwei Jahrtausenden. Diese waren zu einem Großteil vergriffen oder nur noch antiquarisch erhältlich.

Symbolfigur für **TREDITION CLASSICS** ist Johannes Gutenberg (1400 — 1468), der Erfinder des Buchdrucks mit Metalllettern und der Druckerpresse.

Mit der Buchreihe **TREDITION CLASSICS** verfolgt tredition das Ziel, tausende Klassiker der Weltliteratur verschiedener Sprachen wieder als gedruckte Bücher aufzulegen – und das weltweit!

Die Buchreihe dient zur Bewahrung der Literatur und Förderung der Kultur. Sie trägt so dazu bei, dass viele tausend Werke nicht in Vergessenheit geraten.

Ansas und Grita

Ernst Wichert

Impressum

Autor: Ernst Wichert
Umschlagkonzept: toepferschumann, Berlin

Verlag: tradition GmbH, Hamburg
ISBN: 978-3-8424-1274-3
Printed in Germany

Ziel der TREDITION CLASSICS ist es, tausende deutsch- und
fremdsprachige Klassiker wieder in Buchform verfügbar zu
machen. Die Werke wurden eingescannt und digitalisiert. Dadurch
können etwaige Fehler nicht komplett ausgeschlossen werden.
Unsere Kooperationspartner und wir von tredition versuchen, die
Werke bestmöglich zu bearbeiten. Sollten Sie trotzdem einen Fehler
finden, bitten wir diesen zu entschuldigen. Die Rechtschreibung der
Originalausgabe wurde unverändert übernommen. Daher können
sich hinsichtlich der Schreibweise Widersprüche zu der heutigen
Rechtschreibung ergeben.

Ernst Wichert

Ansas und Grita

Wanagischken war einmal vor Jahren ein sehr ansehnliches litauisches Dorf mit zwölf oder fünfzehn Bauernhöfen, einer Anzahl
Eigenkaten, großer Feldmark, ausgedehnten Wiesen am Fluß, Torf-
stich in der Nähe des Kurischen Haffs und beträchtlichem Anteil an
der Heide gegen die Grenze hin, die als Weide benutzt wurde. Daß
gleichwohl die dort angesessenen litauischen Bauern zu wenig
Wohlstand kamen und zuletzt größtenteils ihr Erbe ganz einbüßten,
lag an ihrer Wirtschaftsweise, die auch unter veränderten Verhältnissen von alten Gewohnheiten nicht lassen konnte. Wie die Großel-
tern gehaust hatten, als die Dorfschaft noch ungeteilt war, so ähn-
lich meinten auch die Enkel auf ihren separierten Grundstücken
hausen zu müssen, um sich als gute Litauer zu beweisen. Aber die
Bedürfnisse waren gewachsen, bares Geld konnte nicht mehr ent-
behrt werden, Erbteilungen verschuldeten den Besitz, fortwährende
Pfändungsprozesse der Nachbarn untereinander verzehrten die
geringen Einnahmen aus dem Verkauf von Naturalien, das Inventar
verschlechterte sich von Winter zu Winter, und zuletzt blieb weiter
nichts übrig, als es zu machen, wie die Landsleute näher nach den
Städten hin: Haus und Hof an die Deutschen zu verkaufen und mit
dem geringen Rest des Kaufgeldes weiter nach der Grenze hin eine
neue Ansiedlung zu versuchen oder das Schmuggelgeschäft zu
betreiben.

Als ich vor längerer Zeit in jene Gegend kam, sagten die älteren
Leute mir, daß Wanagischken kaum noch zu erkennen sei. Ich fand
zwar ein Dorf vor, aber es hatte außer einem stattlichen Hause von
Ziegeln, an das sich im weiten Viereck Scheunen und Stallungen
anschlossen, nur noch drei Höfe, und dieselben zeigten den größten
Verfall. Wanagischken war, – so konnte man wohl sagen – ein Gut
geworden, dem noch aus alter Zeit ein paar Bauernhöfe anklebten,

und diese Umwandlung hatte sich in etwa zwanzig Jahren vollzogen. Herr Friedrich Geelhaar, der Gutsbesitzer, jetzt ein rüstiger Sechziger – man hätte ihm glauben können, wenn er schon seit längerer Zeit lachend an jedem neuen Geburtstage versicherte, erst fünfundfünfzig zu sein – war ein Mann, der sich »durch eigene Kraft heraufgearbeitet« hatte und mit einem gewissen nicht unberechtigten Stolz auf seine »Errungenschaften« zurücksah. Er hatte eine städtische Mittelschule nur zur Hälfte durchgemacht und dann als Inspektor auf einem großen Gut, eine Meile von der Stadt, wie er sagte, »leben gelernt«. Von Hause aus ganz mittellos und lange auf ein mäßiges Gehalt angewiesen, hatte seine Beharrlichkeit und Bedürfnislosigkeit es doch zu Ersparnissen gebracht, die er fruchtbringend zu verwerten wußte, indem er mit den Litauern, deren Sprache ihm geläufig war, kleine Geschäfte machte. Er spielte in der Lotterie und gewann nach und nach ein paar hundert Taler, die er dann sofort in seiner Weise »auf die hohe Kante legte«, nicht um sie liegen, sondern um sie rollen zu lassen. Als er vierzig Jahre alt geworden war, konnte er sich im Lande umsehen, ob es etwas selbständig zu erwerben gebe. Eine Pacht war nicht nach seinem Sinn. Warum für andere arbeiten? meinte er; lieber für sich selbst anfangen, sich eine Weile »durchquälen« und am Ende »glatt abschließen«. Damals standen gerade in Wanagischken zwei verfallene Bauernhöfe zum Verkaufe. Der Erwerb wäre für keinen andern einladend gewesen, aber der Inspektor Friedrich Geelhaar kalkulierte: er ist dafür auch billig, und ich behalte noch ein Stück Geld in der Tasche. Wer ihm abriet, sich in die litauische Wirtschaft zu wagen, dem lachte er ins Gesicht. »Nur erst den Fuß hineinsetzen«, sagte er, »mit dem Aufräumen werd' ich schon fertig werden.« Er hatte so seine Redensarten, der kleine breitschultrige Mann, aber es war auch meist etwas dahinter.

Zwei Jahre lang wohnte er in seinem litauischen Bauernhause; freilich sah es bald nur noch von außen wie ein litauisches Bauernhaus aus. Als er heiratete, meinte man allgemein, er werde nun für ein besseres Logis sorgen, zumal es ihm schon an Mitteln gar nicht mehr fehlen konnte. Aber er lachte wieder und sagte: »Ich bin Bauernwirt und kann kein Gutshaus brauchen; wenn ich ein Gut haben werde, will ich den Baumeister rufen, und das Ding soll ansehnlich werden. Erst aufräumen!« Er räumte denn auch wirklich auf, schneller, als man's für möglich gehalten hätte, das heißt: er kaufte einen Bauernhof nach dem andern fort, riß die alten Holzhäuser nieder, schlug in den Gärten die Bäume herunter, ließ den Pflug über die alten Hofstellen gehen und sorgte dafür, daß bald nicht einmal mehr die Dorfkinder selbst sagen konnten, wo des Kristups Posingis oder des Jurgis Laurus Brunnen gestanden hatte. Dafür richtete er neben dem bescheidenen Wohnhäuschen nach und nach einen stattlichen Wirtschaftshof nach deutscher Ordnung ein, baute Scheunen und Ställe, wie sie einem Rittergut zum Schmuck gereichen konnten, legte die Wege gerade und bepflanzte sie mit Bäumen, sorgte für Abzugsgräben auf den Wiesen und machte ein Stück Heide nach dem andern urbar. Ganz zuletzt erst kam das neue Wohnhaus, für das die Stelle freigehalten war, und seine Versicherung, daß er es »ohne Kopfschmerzen« baue, fand vollen Glauben. Er war nun ein »Gutsbesitzer« geworden, der mit den andern Gutsbesitzern des Kreises auf gleichem Fuße verkehrte. Sein Wohlstand mehrte sich noch immer, und der einzige Verlust, den er zu beklagen hatte, betraf nicht seine Wirtschaft, sondern seine Familie. Seine Frau starb nicht lange nach dem Umzug in das neue Haus, und er blieb seitdem Witwer, vielleicht weniger aus Anhänglichkeit an die Verstorbene, als weil er praktische Bedenken trug, sich in seinem Alter in eine neue Verbindung einzulassen, die üble Folgen haben konnte.

Daß er nun zwar tüchtig, aber doch nicht vollständig in Wanagischken »aufgeräumt« hatte, konnte bei seiner sonst bewiesenen Energie wundernehmen. Aber es hatte seinen guten Grund, daß die drei litauischen Höfe noch standen und ihm die Aussicht nach dem Flusse sperrten. Die zwei hinteren freilich hatte er »so gut wie in der Tasche«; die dazugehörigen Wiesen und Heideanteile waren längst sein. Den einen mochte er nur nicht an sich bringen, weil er zur Zeit noch mit mehreren sehr lästigen Ausgedingen (Altenteilen) belastet war, die ihm den Kaufpreis übermäßig verteuert hätten, und den zweiten hatte er für einen anderen Besitzer eingetauscht, der auf andere Weise nicht zu vermögen gewesen war, einen Hof aufzugeben, dessen Ackerzubehör seine Grenzen durchschnitt; er konnte ihn spätestens nach dem Tode des schon alten Mannes haben. Anders stand es aber mit dem dritten Grundstück, das ihm lange schon ein Dorn im Auge war, den er doch nicht auszureißen vermochte. Der Hof gehörte Ansas Wanags, und er war in dessen Familie gewesen, solange auch die ältesten Leute zurückdenken konnten und soweit die auf dem Gericht aufbewahrten Urkunden reichten; wahrscheinlich hatte einmal ein Wanags (Habicht) dem Dorfe den Namen gegeben.

Einmal war allerdings Gelegenheit gewesen, auch diesen Hof zu kaufen, aber Herr Geelhaar hatte sie verpaßt. Die Eltern des jetzigen Besitzers hatten, wie gewöhnlich die Litauer in einem gewissen Alter, die Lust verspürt, sich zur Ruhe zu setzen und ohne Arbeit von einem reichlichen Ausgedinge zu leben. Sie hatten deshalb ihr hübsches Grundstück zum Verkauf ausgeboten. Aber Geelhaar war gerade damals nach anderer Seite hin so sehr beschäftigt, daß er als vorsichtiger Wirt seine Mittel nicht meinte schwächen zu dürfen, und der Preis schien ihm auch zu hoch. »Läuft ja nicht fort«, tröstete er sich in seiner trockenen Weise; »man muß nicht mehr speisen, als man verdauen kann. Eins zum andern – das ist meine Weisheit.« Das Grundstück kaufte also ein Litauer namens Karalus für eine nicht unbedeutende Summe, die natürlich nur zum allerkleinsten Teile bar bezahlt wurde, und nebenher für ein sehr namhaftes an die Wanagsschen Eheleute zeitlebens zu entrichtendes Ausgedinge, das auch der beste Wirt nur mit Mühe aus dem Lande hätte herauswirtschaften können. Der Tag, an welchem auf dem nahen Gericht die Verschreibung erfolgte, war ein Festtag, an dem die drei Krüge des Marktfleckens ihren guten Verdienst hatten. Was aber darauf folgte, war nur Not und Plage. Karalus war ein Säufer und Faulenzer, die Karalene, seine Frau, eine zanksüchtige Person, die das Hauswesen vollends in Unordnung brachte. Das Ausgedinge wurde nicht entrichtet, die Zinsen blieben unbezahlt und das Wanagssche Ehepaar mußte froh sein, auf dem alten Erbe das nackte Leben zu haben. Als nach einigen Jahren Karalus einmal spät in der Nacht betrunken aus der Stadt zurückkam, mit seinem Fuhrwerk die Brücke verfehlte, vom hohen Ufer in den gerade hoch angestauten Fluß rollte und jämmerlich ertrank, war das Bauerngütchen schon so in Verfall, daß Wanags als Bettler hätte ausziehen müssen, wenn er einen fremden Abnehmer suchen wollte. Es blieb ihm nichts übrig, als wieder selbst den Wirt zu spielen. Natürlich mußte bei dieser Rücknahme nun der alten Urte Karalene ein großes Ausgedinge verschrieben werden, um sie abzufinden. Wanags und seine Frau hatten seitdem nur den einen Gedanken: wäre unser Ansas erst so weit, das Grundstück zu übernehmen, damit wir uns zur Ruhe setzen könnten!

Ansas war damals noch sehr jung. Er hatte sich, da seine Eltern als Altsitzer lebten, auswärts verdingen müssen und schließlich beim Nachbar Geelhaar ein Unterkommen gefunden, das ihn zufriedenstellte. Für den jungen kräftigen Menschen konnte es ein Glück scheinen, schon früh dem Einfluß seiner Angehörigen entzogen zu sein und zu regelmäßiger und angespannter Tätigkeit genötigt zu werden, und Herr Geelhaar war ganz der Mann dazu, seine Knechte und Mägde in Atem zu halten. Anfangs freilich behagte ihm dieses Drängen und Treiben wenig; er dachte sehnsüchtig zurück an die glückliche Zeit, wo er mit den Pferden seines Vaters als Hütejunge mit der anderen Dorfjugend über die Heide gestrichen war, unten am Fluß von den saftigen Weiden Pfeifen geschnitten oder Peitschen gedreht hatte, oder lang im Kahn ausgestreckt und den blauen Himmel mit den ziehenden Wolkenschäfchen über sich, den Fluß hinabgeglitten war bis zu den Wiesen am Haff, wo das gemähte Heu schon lange auf die Abfuhr wartete. Es hatte immer geheißen: kommst du nicht heute, so kommst du doch morgen, so beim Ackern und Säen im Frühjahr, wie beim Ernten im Herbst, und war dann auch ein Teil des Landes unbestellt geblieben und ein Teil der Frucht verdorben, so blieb doch genug, daß man sich allenfalls durchwintern konnte, und was verlangte man mehr? Hier in der deutschen Wirtschaft sah es ganz anders aus; da hatte jedes Geschäft seine bestimmte Zeit, die Arbeit ging stetig fort und die Ruhe war knapp bemessen; da durfte kein Quadratfuß Land unbenutzt liegenbleiben, und jeder Strohhalm, der vom Erntewagen herabgefallen war, wurde aufgeharkt und eingebracht. Der Herr mühte sich ab, als ob er nicht das liebe Leben hätte, und die Scheuern waren doch bis über den Dachbalken voll und die Ställe so gut versorgt mit allerhand Vieh, daß eine ganze Dorfschaft daran übergenug gehabt hätte. Ansas hatte einen offenen Kopf; er stellte seine Vergleiche an und legte sich Fragen vor. Es mußte wohl seinen Grund haben, daß einer nach dem andern von den litauischen Höfen verschwand und daß der Deutsche sich immer mehr ausbreitete. Sollte man ihm nicht etwas ablernen können, wenn man genau acht gab, wie er's machte? und wenn man seine Wirtschaftsweise nachahmte, sollte nicht auch ein litauischer Bauer zu Wohlstand kommen können?

Von dem Augenblick ab, wo unserm Ansas Wanags über diese Dinge, wie man sagt, die Augen aufgingen, behielt er sie auch offen und er beobachtete seinen Herrn genau. Für ihn war es ja gewiß, daß er über kurz oder lang sein Väterliches werde übernehmen müssen, und daß es sich dann ausweisen werde, ob er es zu halten vermöge. Mit der den Litauern eigenen Versrecktheit hielt er seine Pläne geheim und sprach am wenigsten dem Gutsherrn davon, der ihm, je mehr er sein größeres Wissen und Können anstaunen mußte, ein desto gefährlicherer Feind schien. Wenn er wüßte, daß ich's ihm nachtun will, dachte Ansas bei sich, wird er mir sofort den Dienst kündigen. Er war daher sehr fleißig hinter jeder Arbeit her, gewöhnte sich aber ein wortkarges, verdrießliches Wesen an, das zu seinen jungen Jahren wenig paßte. Geelhaar, dem jede tüchtige Leistung imponierte und der keine Ahnung hatte, was in diesem Kopf umging, behandelte ihn mit aller Freundlichkeit, aber nun war's dem Litauer erst recht gewiß, daß er geheime Absichten habe. Was Ansas nämlich geheime Absichten nannte; denn übrigens sprach der Herr sich offen und deutlich genug aus. »Lerne fleißig, mein Junge«, rief er ihm oft zu, »du wirst's einmal brauchen können. Dein Vater sorgt dafür, daß dir nichts übrigbleibt, als seine Schulden. Pfui! Ist das eine lustige Wirtschaft nebenan! Da ist alle Tage Sonntag und die Feiertage sind noch obendrein. Nur zu – nur zu!« – »Es kann wohl auch einmal anders werden«, knurrte der Knecht. – »Wird aber schwerlich«, meinte Herr Geelhaar und warf den Kopf auf, »bei euch Litauern sieht's heute noch so aus, wie vor hundert Jahren, und nach wieder hundert Jahren – pah! da wird man sich diesseits der Grenze erzählen, daß mal so ein wunderliches Volk hier in der Gegend herum gehaust hat. Eure Schuld, Kinder, eure Schuld! Wir nehmen euch nichts weg, ihr bringt's uns entgegen. Was nicht leben kann, muß sterben – basta! Das ist meine Meinung.« Ansas fühlte, daß er recht behalten könnte, aber er hätte bei solcher Gelegenheit den Spaten oder den Dreschflegel aufheben und ihm über den Kopf schlagen mögen. Einmal, als sie nicht weit von einem zum Wanagsschen Grundstück gehörigen Ackerstück arbeiteten, das nun schon mitten im Gutslande lag, ging der Alte auch gerade mit der Sprache heraus auf den Hauptpunkt. »Ist's nicht eine Schande, das anzusehen?« sagte er, sich im Sattel aufrichtend. »Da läßt nun der liebe Herrgott auf den Plan genau ebenso seine Sonne scheinen und seinen Regen fallen, wie auf unser Feld, und man kann deines Vaters Halme zählen. Mir tut das Herz weh, wenn ich so etwas sehe. Gib acht, das soll bald anders werden, wenn der Strich erst mir gehört!« – »Stehst du schon in Unterhandlung, Herr?« fragte Ansas grinsend zurück. »Kommt doch nur auf mich an, ob ich zugreifen will oder nicht«, lachte Geelhaar; »für jetzt hat's noch keine Not, wirst aber vielleicht noch einmal selbst hinter meinem deutschen Pfluge hergehn, wenn er da Furchen schneidet.« Ansas antwortete nicht, aber er ballte die Faust in der Tasche und tat sich einen Schwur, daß der Deutsche sein Vatererbe nicht haben sollte, was er auch für Künste anwende. Ich weiß, weshalb ich dir diene, dachte er bei sich; wenn ich mein Herr sein werde, sollst du dich verwundern, was ich von dir gelernt habe.

Als Ansas Wanags einundzwanzig Jahre alt geworden war, wurde er zum Militär eingezogen. Da ihm zu sechs Fuß nur wenige Zoll fehlten, bezeichnete man den hoch- und schlankgewachsenen Bauernsohn für die Garde. Sein Hauptmann, ein Herr aus alter gräflicher Familie, fand Gefallen an ihm und wählte ihn zu seinem Burschen. So konnte es ihm an hohen Bekanntschaften nicht fehlen, da sein Herr ein großes Haus machte und seine Gäste sich gern mit dem Litauer unterhielten, dessen gebrochenes Deutsch so spaßig klang und der das Privileg hatte, seiner Landessitte gemäß jedermann, auch seinen hohen Vorgesetzten »du« zu nennen. Selbst die Prinzen kannten seinen Namen und versäumten selten bei Vorstellungen der Kompanie ihn anzusprechen. Er wurde auch Gefreiter, und man versprach ihm sogar die Tressen, wenn er Soldat bleiben wolle. Aber er hielt's nur ein Jahr über seine Dienstzeit aus; dann trieb ihn die Sehnsucht nach der litauischen Heimat zurück. Er nahm die Überzeugung mit, daß all die hohen Herren seine besten Freunde seien, und daß die Litauer da oben einen Stein im Brett hätten. Für seinen König wäre er durch Feuer und Wasser gegangen.

Er fand zu Hause nach diesen vier Jahren manches verändert. Nur noch die drei Höfe am Flusse hatten standgehalten, und drüben war das große Gutshaus aufgebaut und ein Garten angelegt. Seine Eltern, die auf den stattlichen Sohn nicht wenig stolz waren, wünschten dringend, daß er nun sofort die Wirtschaft übernehme. Aber Ansas wich vorsichtig aus. Er habe wohl exerzieren gelernt, meinte er, und wisse mit den Waffen gut Bescheid; aber die ländlichen Arbeiten seien ihm ungewohnt geworden und er müsse erst nochmals in die Lehre. Seine Schwester Mare diente damals auf dem Gutshof als Magd, und Geelhaar ließ durch sie sagen, daß er wieder bei ihm eintreten könne. Das war gerade, was er gewünscht hatte.

Noch zwei Jahre blieb er im Knechtsdienst; dann starb seine alte Mutter, und sein Vater verlangte nun allen Ernstes, daß er sich entscheiden solle. Ansas sah ihn fast nie mehr nüchtern; von dem lebenden Inventar holte der Fleischer ein Stück nach dem andern ab. Zuletzt kam schon die Reihe an die schönen schlanken Birken vor dem Hause. Als die ersten von den hohen Kronen sanken, schnitt es Ansas tief ins Herz. Er hatte die Bäume lieb, die schon seine Wiege beschattet hatten, und konnte sie nicht ohne heimliche Tränen fallen sehen. Das Haus ohne die grünen Bäume – das war ja undenkbar! Er sagte seinem Vater zu, daß er nächsten Mittwoch mit ihm aufs Gericht gehen wollte, um die Verschreibung machen zu lassen.

Kristups Wanags wartete den Tag nicht ab, sondern suchte schon vorher, ohne seinem Sohn etwas davon zu sagen, den alten Sekretär auf, der zugleich litauischer Dolmetscher war und ohne den deshalb vor dem Richter kein Geschäft besorgt werden konnte. In der Klete (Vorratskammer) fand sich noch ein Gebinde Flachs vor, das eigentlich die alte Karalene zu Martini auf ihr Ausgedinge bekommen sollte; er nahm es aber unbedenklich mit und gab es bei der Frau Sekretär ab. Und dann sagte er, daß er ihren Mann zu sprechen habe, und daß er gar nichts Unrechtes wolle. In Wirklichkeit war es ihm aber darum zu tun, Ansas möglichst lästige Bedingungen aufzubürden. Man war es so gewöhnt, daß auf dem Gericht nicht viel über die Sache verhandelt wurde; der alte Sekretär schrieb nach seinem Ermessen das Protokoll, und was geschrieben war, ließ sich nicht mehr ausstreichen.

Ansas seinerseits kündigte seinem Herrn den Dienst. Er wolle sich nicht alle Birken vor der Tür fortschlagen lassen, sagte er, daß seine Kinder auch eine Sommerfreude hätten. Herr Geelhaar zog die Augenbrauen auf und schüttelte unmutig den Kopf. »Das ist eine rechte Dummheit, Ansas«, meinte er. »Wovon willst du kaufen und wirtschaften? Sieh's noch ein paar Jahre ruhig mit an, bis ich selbst so weit bin, daß mir der Hof passen kann. Wenn die Karalene merkt, daß sie auf dem Grundstück doch kaum das Hungerbrot hat, wird sie sich abfinden lassen, jetzt trägt sie mir die Nase noch zu hoch. Die Birken müssen ja doch fallen, wenn ich dort wirtschafte, und das ganze Haus mit; den Weg bring ich näher nach dem Flusse hin, wo doch nichts Vernünftiges wächst. Was das Land und die Wiesen wert sind, sollst du in blankem Gelde von mir bezahlt bekommen, und an der Grenze hast du dafür einen Hof nach deinem Wunsch. Abwarten, Ansas, abwarten!« Der Litauer zwinkerte listig mit den Augen. »Glaube nicht«, sagte er in seiner Sprache, »daß du's mit mir so machen wirst, wie mit den andern. Den Hof da wirst du nicht einziehen – so lang' ich lebe, nicht!« – »Pah!« lachte Herr Geelhaar laut auf, »das wollen wir sehen. Keine fünf Jahre dauert's! Dummheiten, Ansas! Es fragt sich nur, ob du als Bettler davongehst, oder blankes Geld mitnimmst. Ich mein's gut mit dir, weil du mir lange treu gedient hast und ein ganz sauberer Bursch bist, und weil ich auch deiner Schwester Mare eine Ausstattung sichern möchte. Aber wenn du einen eigensinnigen Kopf hast und nicht Vernunft annehmen willst, so trag auch die Kosten davon.«

Ansas traute nicht. Es verstand sich für ihn ganz von selbst, daß der Deutsche ihn überlisten wolle, und es war ihm Ernst damit, sein Erbe, das er lieb hatte, nicht in fremde Hände kommen zu lassen. »Ich habe bei dir gelernt, wie man wirtschaftet«, antwortete er verbissen, »und ich will's bei mir gerade so machen, wie du hier.«

»Das will ich loben!« rief der Gutsherr. »Will dir auch nicht entgegen sein – nicht im mindesten. Komm zu mir und frage, wenn du guten Rat brauchst; du sollst jederzeit so gute Antwort haben, als ich sie mir selbst nur geben könnte. Ich will dir auch gern zum Anfange mit Saat und Futter aushelfen und mein Angespann leihen, damit du nicht denkst, daß ich deine Verlegenheit ausnutzen wolle. Soll mir lieb sein, wenn dir's gelingt.« Das werde ich bleibenlassen, überlegte Ansas im stillen. Rat von dem –? Da wär's bald aus mit mir. Und annehmen erst recht nichts; bin ich sein Schuldner, so komm ich nicht los von ihm. »Aber es hilft dir wenig«, fuhr Geelhaar lachend fort, »ich sage dir's im voraus. Mit der litauischen Wirtschaft muß gründlich aufgeräumt werden, daß kein Stück auf dem andern bleibt; Flickarbeit tut's nicht. Und vor allem müssen die Schmarotzer fort, die ernten wollen, ohne zu säen. Versuch's doch, ob du mit ihnen leben kannst. Und dann, Ansas – zur deutschen Wirtschaft gehört eine deutsche Frau. Es gibt schmucke Mädel unter den Litauerinnen, und wenn sie im Sonntagsstaat zur Kirche gehen, mag man die Augen in acht nehmen; aber zum Wirtschaften taugen sie nichts, außer wenn's auf eure Art hergeht. Das ist meine schlichte Meinung.«

Sie wollte dem jungen Litauer nicht in den Sinn. Er hatte andere Pläne. In Szudargen, eine Meile entfernt, gab es einen Wirt Krupat, der nur zwei Töchter hatte. Die ältere mußte ihrem Mann das Grundstück mitbringen, die jüngere aber eine namhafte Ausstattung erhalten. Hier dachte er anzubinden, wenn das Mädchen erwachsen sein würde; es hatte noch einige Jahre Zeit, und inzwischen konnte er seinen Hof in Ordnung gebracht haben. Bei Krupat hatte er schon durch einen Freund anfragen lassen und war nicht abschlägig beschieden worden.

Die Verschreibung erfolgte auf dem Gericht in der gewöhnlichen Form. Ansas Wanags erwarb das väterliche Grundstück, Wanagischken Nr. 1 zum Eigentum, verrechnete auf den Kaufpreis außer den eingetragenen Schulden sein Mutter- und Vatererbteil, versprach dieselbe Summe seiner Schwester Mare bei deren Verheiratung auszuzahlen, ihr auch eine Kuh, ein Schaf, ein aufgemachtes Bett und einen Kasten zu verabfolgen und die Hochzeit auf seine Kosten auszurichten, übernahm das Ausgedinge der Urte Karalene und verpflichtete sich außerdem, seinem Vater ein Ausgedinge bis an sein Lebensende zu verabfolgen. Kristups war überzeugt, daß sein Gebinde Flachs gut gewirkt hatte. Wie's auf dem Papier steht, geschieht's ja doch nicht, kalkulierte Ansas. Hätte er gewußt, daß sein eigener Vater bemüht gewesen war, ihn zu überlisten, er hätte sich nicht einmal darüber gewundert: verstand es sich doch von selbst, daß er jede Hintertür benutzen würde, die der Kontrakt etwa offen ließ, um seinen Verpflichtungen möglichst aus dem Wege zu gehen.

Am nächsten Sonntag besuchte er vor- und nachmittags die Kirche, nahm auch das heilige Abendmahl und tat sich »auf der schwarzen Decke« und »bei brennendem Kirchenlicht« den Schwur, daß Geelhaar den Hof Wanagischken Nr. 1 nicht bekommen solle, was er auch dafür biete. Dann kehrte er ganz gegen sonstige Gewohnheit im Krug ein und ließ vor aller Leute Augen etwas draufgehen. Er war nun der Wirt und das sollte man wissen. In seiner blauen Tuchjacke mit dichten kleinen Knöpfen und der Soldatenmütze mit blankem Schirm und roter Einfassung sah er schmuck genug aus, und Kristups, der auf des Sohnes Rechnung mittrank, schlug ihm auf die Schulter und meinte, nun sehe man doch, daß er noch ein guter Litauer sei. Beim Nachhausefahren – natürlich ging's Karriere über die Landstraße hin – brach dem Wagen an der Brücke ein Rad. Urte kam ihnen fluchend entgegen; sie war erbost darüber, daß sie nicht auch zum Margritsch (Freitrunk) aufgefordert war.

So liederlich dachte Ansas es nun allerdings nicht weiterzutreiben. Herr Geelhaar selbst, der ihn aus der Ferne beobachtete, mußte ihm nach einiger Zeit das Zeugnis geben, daß er redlich bestrebt sei, die ganze verkommene Wirtschaft in Gang zu bringen. Aber es fehlte überall am Notwendigsten, und das Resultat der ersten Ernte war deshalb dürftig genug. Er hatte kaum so viel gewonnen, um den Winter überstehen zu können und die Saat zu erübrigen. Die beiden Ausgedinger sollten an seinem Tische mitessen, aber ihre sonstigen Forderungen zurückhalten.

Sein Vater ließ sich dazu bestimmen, nahm's nun aber mit dem Eigentum seines Sohnes nicht genau. Mit der alten Urte war gar nicht zu reden. Sie verlangte stürmisch ihr Getreide, ihren Flachs, ihr halbes Schwein, ihre Gänse, ihren Honig und was ihr sonst gebührte, knüpfte, als Ansas ihr Gegenvorstellungen machte, ihre Verschreibungen in ein rotbuntes Tuch, das schon ihrem Manne zu gleichem Zwecke gedient hatte, und eilte aufs Gericht, um Klage zu erheben. Ansas wußte, daß sie Recht bekommen müßte, und ließ der Sache ihren Gang. Erst als der Exekutor anklopfte, öffnete er seinen Vorratsraum. Nun war es schon gewiß, daß er im Frühjahr sein Feld mangelhaft werde bestellen müssen.

Das war der erste Prozeß, aber leider nicht der letzte. Urte hatte ein Erkenntnis bekommen mit einem großen schwarzen Adler obenan, und der alte Sekretär hatte dabei gesagt: Das sei so gut als wie vom König selbst. Nun wußte sie, daß ihr der König Beistand leiste, und an Nachgiebigkeit war nicht mehr zu denken. Die Veranlassung zum zweiten Prozeß gab die sogenannte eiserne Kuh, die der Wirt für den Altsitzer zu dessen Milchnutzung einzustellen und zu unterhalten hat. Urte verfügte über eine solche, aber sie war alt, wurde schlecht gefüttert und gab spärliche Nahrung. Sie behauptete, mindestens drei Maß für den Tag gewinnen zu müssen. Ansas ließ sich diesmal nicht so ohne weiteres verurteilen; er wendete ein, daß er diese eiserne Kuh mit dem Grundstück übernommen habe und daß die Altsitzerin erst nach deren Ableben eine andere beanspruchen dürfe. Es wurde Beweis erhoben über allerhand Fragen, Sachverständige und Zeugen erhielten ihre Reiseentschädigungen, zuletzt wurde gegen den Wirt entschieden, und die Kosten, die ihm natürlich zur Last fielen, betrugen mehr, als das Kaufgeld für eine gute Kuh auf dem Markte. Daß er klüger gehandelt hätte, den Prozeß zu vermeiden, sagte er sich gleichwohl keineswegs; es sei mit unrechten Dingen zugegangen, meinte er, und künftig müsse er sich auf dem Gericht besser vorsehen.

Seine älteren Ersparnisse gingen bis auf den letzten Pfennig drauf und reichten doch nicht zu, ihm die Anschaffung einer anderen Kuh zu ermöglichen. Dafür nahm er der Altsitzerin die ihrige fort und verkaufte sie trotz aller Lamentationen. Sie habe ja den Prozeß darauf geführt, daß die Kuh ganz unbrauchbar sei, meinte er; wie wolle sie sich darüber beklagen, daß er sie veräußere? Dann müsse er ihr aber eine andere Kuh anweisen nach dem gerichtlichen Erkenntnis. Das wolle er bei dem nächsten Viehhandel, antwortete er, früher habe er's nicht nötig. Es sei in Wanagischken seit Menschengedenken nicht anders Sitte gewesen, als daß der Markt abgewartet würde, wo man sich aussuchen könne, was man brauche. – Ob sie denn so lange hungern solle? – Seinetwegen auch verhungern, entgegnete er; aber er wolle schon ein Übriges tun und ihr von seiner eigenen Kuh täglich drei Maß Milch abgeben. Damit wollte sie nicht zufrieden sein; nach dem Kontrakt habe sie eine Kuh für sich, und wenn dieselbe täglich zehn Maß gebe, sei's eben ihr Vorteil. – Das rotbunte Tuch mit der Verschreibung wurde wieder hervorgesucht, der alte Sekretär bekam Arbeit.

Diesmal spannte Ansas die beiden mageren Pferde an den geflickten Wagen, lud einen halben Scheffel Getreide auf und fuhr nach der einige Meilen entfernten Stadt, um einen Rechtsanwalt anzunehmen. Er glaubte bemerkt zu haben, daß der Sekretär der

Karalene beistehe und seine Zeugen schlecht vernehme, und sein eigener Vater, der solche Winkelzüge machte, behauptete wirklich, die Alte einmal vor einem Termine mit einem Stück Butter um dessen Wohnung herumschleichen gesehen zu haben. Der Rechtsanwalt versteht's doch noch besser, tröstete er sich, und darum die Reise. Die Karalene merkte sogleich, was er im Sinne hatte. Sie konnte freilich kein Fuhrwerk zur Fahrt erschwingen; aber als Ansas siegesfroh und mit leerem Wagen aus der Stadt zurückkehrte, kam sie ihm schon zu Fuß entgegen. Unter dem weißen Laken, das sie um die Schultern geschlagen hatte, hingen die Schwanzfedern eines Hahnes hervor. Ansas hielt erschrocken an. »Wohin willst du?« fragte er. – »Nach der Stadt.« – »Hast du Geschäfte?« – »Soviel wie du.« – »Für wen ist der Hahn, den du da trägst?« – »Für wen war das Getreide, das du nach der Stadt gefahren hast?« – »Also du willst es auch mit dem Rechtsanwalt versuchen? Diesmal steht deine Sache schlecht.« – »Der König wird mir schon beistehen. Guten Abend!« Er sah ihr verärgert nach. »Warte doch einmal! Das ist ja mein Hahn.« Sie schlug das Tuch zurück. »Das lügst du!« – »Was? Du willst bestreiten, daß du den Hahn von meinem Hof gegriffen hast?« – »Er ist von meiner eigenen Zuzucht«, antwortete sie gelassen. »Du hast keine Zuzucht frei«, schrie er sie an, »und der Hahn hat sich auf meinem Hofe genährt.« – »Dann fordere doch das Futter zurück«, höhnte sie ihn; »es wird nicht so viel ausmachen, als was du mir noch schuldig bist. Aber der Hahn gehört mir.« Er schlug ergrimmt mit der Peitsche nach ihr, traf sie aber nicht, da sie zur Seite sprang. Ein neuer Prozeß war fertig, und diesmal Ansas der Kläger. Ein Winkelkonsulent im Marktflecken, wo er ankehrte, der Schneider Jurgis Patols, der Deutsch schreiben konnte, riet ihm, zugleich ans Gericht und an den Herrn Staatsanwalt zu gehen. Der Prozeß wegen der Kuh gelangte ans Hauptgericht. Vor jedem Termin wanderte ein Geschenk in die Küchen der beiden Rechtsgelehrten; die Parteien waren mehr auf der Landstraße, als zu Hause.

Indessen brach Kristups Wanags die Zäune ab, verkaufte sie im Marktflecken und verjubilierte den Erlös. Solange er Branntwein hatte, war er zufrieden. Ansas, der sich seinen Schuldner wußte, ließ alles schweigend geschehen. Nur als der Alte sich auch einmal an einen Baum wagte, gab es Lärm. »Die Bäume werden nicht berührt«, befahl er zornig; »der Herr Geelhaar soll sich nicht einbilden, daß ich ihm den Platz freimache!«

Der Prozeß wurde in der ersten und dann auch in der zweiten Instanz verloren. Die Richter entschieden, daß Urte Karalene Anspruch auf eine Kuh habe und nicht mit einem bestimmten Quantum Milch zufrieden sein müsse. Ansas Wanags hatte die Gerichtskosten zu zahlen, seinen Rechtsanwalt zu befriedigen und auch den Rechtsbeistand seiner verhaßten Gegnerin zu entschädigen. Mehr als hundert Taler wurden von ihm beansprucht, und er verfügte nicht über einen einzigen. Es war kaum Balsam auf die Wunde zu nennen, daß er in der andern Streitsache wegen des Hahnes gewann.

Nun mußte durchaus Geld beschafft werden, viel Geld. Der arme Litauer trieb sich in der Stadt umher bei allerhand Leuten, die dergleichen Geschäfte mit den Bauern zu machen pflegten. Aber selbst gegen den höchsten Wucherzins wollte diesmal niemand das Darlehn riskieren; die beiden Ausgedinge, die auf dem Grundstücke lasteten, entwerteten das sonst gar nicht üble Pfandobjekt. Traurig und halb verzweifelt kehrte er nach Hause zurück.

Es war da einer, der ihm wohl hätte helfen können, aber er war ihm der verhaßteste von allen. Aus seinen kleinen Fenstern sah er täglich den großen Wirtschaftshof vor sich, und manchmal kam auch Herr Geelhaar vorüber, wenn er auf das Feld ritt, grüßte ganz munter vom Pferde herab und lachte so verdächtig, als ob es ihn freute, daß der Zaun vor dem Hause wieder kürzer geworden sei. Ihn um Geld anzusprechen, dazu konnte Ansas sich lange nicht verstehen. Endlich blieb aber doch kein anderer Rat.

Ansas ging spät abends; man sollte nichts davon wissen, daß er sich so weit demütigte, den gefährlichen Nachbar aufzusuchen. Er hatte sich zu laut vor seinen Landsleuten verschworen, daß er ihm in keinem Stück nachgeben wolle. Herr Geelhaar kam ihm freundlich entgegen. »Dir geht es schlecht«, sagte er, »aber jeder verständige Mensch konnte das vorher wissen. Ein arbeitsamer Mann kann mit seiner Familie von der Hufe Bauernland leben, und ein alter Vater oder eine alte Mutter ißt allenfalls mit; aber zwei solche Ausgedinge herauszuwirtschaften, das möchte auch dem lieben Herrgott nur gelingen, wenn er Tag und Nacht die Sonne scheinen ließe.« – »Ging's nur in den Gerichten nach der Gerechtigkeit –« knurrte der Litauer. »Pah!« rief der Gutsherr, »das ist dummes Zeug. Der Richter hat gerade so geurteilt, wie er nach Lage der Sache und nach seinem Gesetz urteilen mußte. Wenn du mehr übernommen hast als du leisten kannst, so darf ihn das nicht kümmern. Nun? Wie kann ich dir helfen?« Ansas sagte ihm, daß er Geld brauche, um die Prozeßkosten zu bezahlen und die Wirtschaft in Ordnung zu bringen. Das wäre schon zu beschaffen, meinte Geelhaar; aber welche Sicherheit er bieten könne? »Laß eintragen!« antwortete Ansas verdrießlich. »Und übers Jahr bist du gerade so weit wie jetzt«, wandte der andere ein. »Ich will dir einen andern Vorschlag machen. Verkaufe mir deine Wiesen; das schöne Heu verkommt ja doch nur elend.« Der Litauer schüttelte energisch den Kopf. »Nein, Herr – auf keinen Fall.« – »Um so eher habe ich ja doch das Ganze«, lachte Geelhaar; »sei nicht dumm, Ansas, ich biete dir einen guten Preis.« Der Litauer blieb bei seiner Weigerung. »Gut«, sagte der Herr; »du sollst auch das Geld gegen Verschreibung erhalten; bring's auf dem Gericht in Ordnung, aber vergiß nicht, daß ich dein Gläubiger bin und auf den Tag meine Zinsen und Abschlagszahlungen haben muß. Erfüllst du nicht deine Verbindlichkeiten, so halte ich mich ans Gesetz.« Ansas nickte zustimmend und ging sehr erleichtert. Nun, meinte er, würde die Wirtschaft erst in rechten Zug kommen. Geelhaar lachte vergnügt hinter ihm her. –

Ansas Wanags hatte nun Geld. Er bezahlte damit die dringendsten Schulden und kaufte das notwendigste Inventar. Er arbeitete vom frühen Morgen bis zum späten Abend und gönnte sich am Sonntag kaum den Kirchenbesuch. Wenn er nur nicht immer hätte daran denken müssen, daß er sich doch eigentlich schwerer als der geringste Knecht nur für seinen Vater abmühte, der wie ein großer Herr spazieren ging, und für die Karalene, die im Hause betrunken lärmte. Der Alten das faule Leben möglichst sauer zu machen, das war doch ein Vergnügen. Nun sollte sie sehen, daß er sie auch schikanieren könne. Er stellte ihr die schlechteste Kuh ein, die er auftreiben konnte, und gab derselben das schlechteste Futter und die magerste Weide. Wenn sie darüber klagte, hieß es: weise doch deine Verschreibung, steht da, daß die Kuh viel Milch geben muß und wieviel Heu sie erhalten soll? Wehe der Altsitzerin, wenn ihr Huhn auf seine Saat gegangen war: es gab sofort eine Pfändung und einen

Prozeß im Domänenrentamt. Dafür rächte sie sich durch heimliche Beschädigungen; sie ließ ihm den Kahn aufs Wasser treiben, wenn er gerade nach den Wiesen fahren wollte, oder pflockte die Pferde auf der Weide los, so daß er ihnen stundenlang auf der Heide nachlaufen mußte.

Völlig wild konnte sie ihn machen, wenn sie vor seinen Augen ihre Verschreibung aus dem Kasten nahm, sie in das bekannte rotbunte Tuch wickelte und höhnisch sagte, daß sie zum alten Sekretär gehen werde, um sich den Kontrakt lesen zu lassen; es sei am Ausgedinge noch etwas vergessen. Diese Verschreibung, eine Rolle Papier mit deutscher Schrift und großem Gerichtssiegel am Schlusse, war ihre Burg, von der sie jeden Ausfall glaubte wagen zu dürfen. Ansas fahndete daher heimlich schon lange darauf, fand sie aber immer wachsam. Eines Abends spät kam sie aus dem Krug nach Hause und blieb sinnlos betrunken vor der Haustür liegen. Als er hinaus wollte, um den Stall zu schließen, stolperte er über sie und stieß sie dann mit dem Fuß beiseite. Dabei bemerkte er, daß ihr etwas aus der Hand fiel. Er bückte sich danach und hob das rote Tuch mit dem Dokument auf. »Habe ich dich endlich?« grinste er in sich hinein. »Warte, du sollst den Gerichtsherren nicht mehr vor die Augen kommen!« Er steckte einen Stein unter den Knoten des Tuches und ließ das ganze Päckchen in den Brunnen fallen, der einige Schritte außerhalb des Hofes unter einer alten Linde stand. Als er das Wasser darüber zusammenschlagen hörte, war ihm so wohl, als ob er das Ausgedinge selbst losgeworden wäre. Wie er vom Brunnen nach dem Hause zurückkehrte und auf das Trittbrett stieg, das den Übergang über den Zaun erleichterte, kam ihm plötzlich ein Gedanke, der ihn sehr froh machte. »Du sollst daran glauben«, knurrte er verbissen, als er an dem schnarchenden Weibe vorüberging.

Als Urte am Morgen aufwachte und ihr Tuch vermißte, gab es einen wahren Heidenlärm. Sie riß sich die Kleider vom Leibe und zerzauste ihr spärliches Haar, immer weinend und schreiend, daß ihr Schatz verschwunden sei. Sie lief den Weg, den sie gekommen war, zehnmal hin und her, suchte im Kruge nach, fragte bei jedem an, mit dem sie zusammen getrunken hatte – vergebens. »Das Dokument ist gestohlen!« schrie sie zuletzt den Wirt an, »und ich weiß, wer es gestohlen hat!« – »Sieh doch überall im Hause nach«, antwortete er ruhig mit den Augen blinzelnd. »Du kannst alle Schlüssel haben!« Sie lief zum alten Sekretär und klagte ihm ihre Not. Der lachte sie freilich aus und meinte, in den Gerichtsbüchern stände es ebensogut, und eine neue Abschrift koste nicht viel; aber Urte hatte keinen rechten Glauben, daß ein neues Papier gleich kräftig sei und daß Wanags sich damit würde bedrohen lassen.

Ihre Besorgnisse schienen sich auch sehr bald zu erfüllen. Als sie am nächsten Morgen an den Brunnen gehen wollte, um Wasser zu schöpfen, vertrat ihr Ansas, der schon auf sie gelauert haben mußte, den Weg. »Hier hast du kein Recht, zu gehen«, sagte er streng. »Hier bin ich jeden Tag gegangen«, entgegnete sie, »und werde auch ferner hier nach dem Brunnen gehen.« – »Das wirst du nicht!« herrschte er sie an. »Soll ich kein Wasser aus dem Brunnen mehr haben?« fragte sie giftig. Er lachte: »Soviel du daraus schöpfen kannst, ohne heranzutreten.« – »Was – was? Habe ich nicht nach meiner Verschreibung das Wasser aus dem Brunnen frei?« »Wo ist deine Verschreibung?« höhnte er. Sie brach in die heftigsten Schimpfreden aus und schlug nach ihm mit dem Kruge. »Willst du bestreiten, du Schuft und Lügner, du schändlicher Dieb, daß ich das Wasser aus deinem Brunnen frei habe?« Nun spielte Ansas den Trumpf aus, den er sich gestern abend schon zurechtgelegt hatte. »Ich bestreite es nicht«, sagte er pfiffig, »aber das bestreite ich, daß du dir auch den Weg zum Brunnen über meinen Hof und Zaun hast verschreiben lassen. Das Wasser aus dem Brunnen verweigere ich dir nicht, aber wo du einen Weg zum Brunnen findest, der nicht über mein Land führt, magst du zusehen. Treffe ich dich aber noch einmal hier auf dem Stege, so breche ich dir alle Knochen im Leib entzwei!« Die Urte mußte zum Nachbar, um Wasser zu bitten. Dann aber machte sie sofort Kirchentoilette und lief aufs Gericht.

Nun bekamen die Advokaten und Winkelschreiber wieder Arbeit, und als das Prozessieren erst bei einem Ende angefangen hatte, fanden sich Beschwerden und Klagen überall. Zu Martini forderte auch Kristups sein Ausgedinge nach dem Kontrakt. Ansas hatte die Ernte stark vernachlässigt. Was eingebracht war, reichte wieder nicht aus. Aber Ansas war lustig und guter Dinge. Er glaubte ja nun zu wissen, wie mit der Karalene fertig zu werden sei.

Daß Ansas lustig und guter Dinge war, hatte freilich auch noch einen andern Grund. Als er eines Morgens auf seinem Hof nahe dem Zaune Holz spaltete, bemerkte er, daß des Nachbars Kuh auf die Weide am Flusse geführt wurde. Das war an sich kaum bemerkenswert, aber daß nicht die alte Magd den Strick in der Hand hielt, sondern ein junges Mädchen, von dem er bisher nichts wußte, veranlaßte ihn doch, die Axt auf den Holzkloben zu stemmen, sich mit beiden Händen auf den Stiel zu lehnen und über den Zaun zu schauen. Das Mädchen hatte keinen weiten Weg bis zu der Stelle, wo die Kuh angepflockt werden mußte, aber die Weide schien ihr nicht zu gefallen. Sie schaute nach allen Seiten um und führte das Tier dann zwischen den Birken durch, welche die Grenze bezeichnen sollten. »Wo willst du hin?« rief ihr der Wirt nun zu, »ist meine Weide gut für fremde Leute?« Das Mädchen horchte auf, ohne gerade zu erschrecken, vergewisserte sich, von wo der Ruf kam, zog die Kuh, die sich's schon gut schmecken ließ, wieder zurück, pflockte sie fest und kam dann, statt geradeaus heimzukehren, auf den Litauer zu, der sein Geschäft nicht wieder aufgenommen hatte.

»Guten Morgen, Ansas Wanags«, redete die junge Magd ihn an, indem sie ihm über den Zaun hin die Hand reichte. »Du mußt mir nicht böse sein, daß ich hier noch nicht recht Bescheid weiß. Ich bin erst gestern abend angekommen.«

»Dienst du dem alten Petrick?« fragte er.

»Ich bin seine Enkelin, die Grita«, antwortete sie, »meine Mutter hast du ja doch gekannt.«

»Gewiß«, sagte er freundlicher, »die hab' ich gut gekannt. Wie kommt es, daß du zu deinem Großvater in Dienst gehst, da du noch jung bist und zu Hause helfen kannst?«

»Weil mein Vater gestorben ist«, entgegnete sie traurig. »Er hat in Rußland einen Schuß bekommen, als er Spiritus hinüberbrachte. Als die Nachbarn ihn auffanden, hatte er schon einen Tag und eine Nacht im Freien gelegen und viel Blut verloren. Es war ihm nicht mehr zu helfen. Meine Mutter will das Grundstück für die Schulden annehmen; da bleibt für uns Kinder nichts übrig.«

»So – so«, meinte Ansas. »Aber der alte Petrick hat auch nicht viel, und seine Magd ist eine böse Person.«

Grita zeigte lachend ihre weißen Zähne. »Ich fürchte mich nicht vor so einer«, sagte sie, »und zum Sattessen wird immer noch genug da sein.«

»Brauchst du nichts mehr?« fragte Ansas, dem die muntern Augen des jungen Dinges gefielen.

»Freilich!« rief sie. »Einen hübschen Anzug zur Kirche, aber den hab' ich von der Mutter mitbekommen, und bis er aufgetragen ist, vergehn ein paar Jahre. Man muß nicht zu weit in die Zukunft rechnen.«

Ansas nickte. Zu sagen wußte er darauf nichts. Er nahm die Axt auf und prüfte mit dem Daumen die Schärfe. Grita sah darin ganz richtig ein Zeichen, daß er wieder an die Arbeit gehen wollte, und verabschiedete sich, indem sie ihm nochmals die Hand zureichte. »Laß uns gute Freundschaft halten«, bat sie, »und wenn ich einmal vergesse, wo deine Grenze führt, pfände nicht sogleich.« Damit ging sie, ohne auf seine Antwort zu warten. Sie hätte auch vergeblich darauf gewartet, aber daß er freundlich schmunzelte, galt ihr als Beweis seiner Zustimmung. Ehe sie bei Petrick eintrat, hörte sie schon hinter sich die kräftigen Schläge der Axt.

Ansas Wanags mußte gestehen, daß die kleine Grita, die er nur als Kind gesehen, ein recht hübsches Mädchen geworden sei, das sich neben der saubersten litauischen Wirtstochter zeigen könne. Die braucht nicht weit in die Zukunft zu rechnen, dachte er; wird schon einen Mann finden, der nach der Ausstattung nicht viel fragt. Abends hörte er sie unter den Birken singen, und die bekannten schwermütigen Lieder waren ihm nie so tief ins Herz gegangen, wie diesmal. Er zündete die lange Pfeife an und setzte sich auf den Stamm eines verkrüppelten Birnbaumes, der hinter seiner Klete stand. Von da konnte er gut in des Nachbars kleinen Bienengarten sehen, in dem das Mädchen sich zu schaffen machte. Es war nicht seine Absicht, mit ihr Verkehr anzuknüpfen, aber bald quälte es ihn doch, zu wissen, was Grita eigentlich vorhabe, und ehe er sich dessen versah, stand er vor dem von den letzten Strahlen der Abendsonne rot angeglühten Zaungeflecht von trockenen Fichtenästen, lehnte sich mit beiden Ellenbogen auf die vorragenden Haltepfähle und blies den blauen Rauch hinüber. Grita tat, als ob sie ihn gar nicht bemerkte und sang weiter, indem sie sich zugleich von Zeit zu Zeit zur Erde bückte und etwas aufnahm.

»Was tust du denn da?« fragte Ansas endlich, ein wenig gereizt durch die Nichtachtung seiner Person; er hatte gemeint, als Wirt das Gespräch nicht anfangen zu dürfen.

»Bist du's?« fragte sie nun, sich umschauend. Sie hatte einen Kranz von allerhand Gräsern, Blättern und Blumen in der Hand, dessen Enden aber noch nicht verbunden waren. Ihr blondes Haar, das über der Stirn glatt gescheitelt war und in langen Zöpfen herabhing, glänzte im Sonnenlicht wie Gold.

Er sagte nun erst »Guten Abend« und nickte ihr freundlich zu.

»Ich singe den Bienen etwas vor«, sagte sie nähertretend, »damit sie mich kennenlernen und das Stechen lassen. Die Bienen sind kluge Tiere, aber sie wollen auch gut behandelt sein; sie merken bald, wer zum Hause gehört.«

»Und für wen ist der hübsche Kranz, Grita?«

»Für mich selbst. Morgen ist Sonntag, da muß etwas Grünes in der Kammer über meinem Bett hängen, wenn ich aufwache.«

»Die Blumen sind nichts wert – komm in mein Gärtchen, da findest du schöne Astern die Menge.«

»Ein andermal, Ansas, wenn du's erlaubst; der Kranz ist schon fertig, wie du siehst. Liebst du die Blumen auch?«

»Die Blumen und die grünen Bäume, man kann nicht genug davon neben seinem Hause haben.«

»Das gefällt mir«, warf sie leicht hin; »es gibt auch so viele schöne Lieder auf die Blumen und auf die grünen Bäume.« Damit fing sie wieder zu singen an, ohne sich weiter um ihn zu bekümmern. Den Kranz setzte sie auf den Kopf und machte nun mit dem Oberkörper allerhand Biegungen und Schwenkungen nach dem Takt des Liedes. Dann ging dasselbe plötzlich in eine Tanzmelodie über, die einem herumziehenden Leierkasten abgelauscht sein mochte. Sie drehte sich mehrmals trällernd um sich selbst, entfernte sich so mehr und mehr von Ansas, der das ihm bekannte Stück mitzupfeifen anfing, und verschwand hinter den Hopfenstangen an der Stallecke.

Am nächsten Morgen machte Wanags sich zum Kirchgang fertig, wartete aber ruhig in seiner Haustür, bis die Nachbarn vorüberkamen. Es war sonst gar nicht seine Gewohnheit, sich ihnen anzuschließen, sondern er ging am liebsten allein, und sie nahmen's für Vornehmtuerei. Freilich hatte er diesmal auch nur Grita in Gedanken, der er einen Blumenstrauß aus seinem Garten reichen wollte, um ihr zu beweisen, daß er nicht geprahlt habe. Es war ihm recht lieb, sie ihrem Großvater voraus aus dem Nachbarhause treten und ohne Begleitung über die Dorfstraße gehen zu sehen; so konnte er hoffen, mit ihr eine Strecke allein zu bleiben. Weshalb ihn diese Aussicht froh stimmte, hätte er sich selbst nicht zu sagen gewußt, nur daß sie ihm heute in ihrem Sonntagsstaat mit dem schwarzsamtnen Mieder, den weiten auf den Achseln und am Handgelenk gestickten Ärmeln und dem im Winde flatternden Kopftuch noch schmucker erschien, als gestern, wurde ihm bewußt. Sie trug in der einen Hand das Gesangbuch und in der andern ihre Strümpfe und Schuhe, ging hastig vorüber und schien erst auf ihn zu merken, als er ihr nachrief.

Den Blumenstrauß nahm sie freundlich, wennschon ohne besonderen Dank an und schob ihn zwischen die Haken des Mieders.

Dann sprachen sie über gleichgültige Dinge, aber der Weg bis zum Marktflecken verkürzte sich ihnen dadurch doch aufs angenehmste. Hinter dem Pfarrhause standen ganze Scharen von Landfrauen und Mädchen, damit beschäftigt, ihre Toilette zu vervollständigen. Hier verließ Grita ihren Begleiter, um ebenfalls Strümpfe und Schuhe anzuziehen. Er ging voran in die Kirche, ohne im Krug anzusprechen, trat in einen der großen Stände neben dem Altargang, zog vorsorglich sein weißes Beinkleid bis über die Knie auf, um es sauber zu erhalten, und verrichtete kniend sein Gebet.

Auf dem Rückwege traf er wieder mit Grita zusammen, ganz zufällig natürlich. Er bat sie, ihn in den Krug zu begleiten, aber sie lehnte es lachend ab. »Was sollen die Leute denken?« sagte sie. »Was sie wollen«, meinte er, aber sie ging vorbei, und er blieb nun an ihrer Seite.

Abends spazierten die jungen Mädchen Arm in Arm unten am Fluß auf und ab und sangen ihre Lieder. Es fanden sich auch junge Burschen ein, die mit ihnen Scherz trieben, und andere lehnten sich über das Geländer der Brücke, schauten hinab und neckten sie. Für Ansas Wanags schickte es sich nicht, darunter zu sein, aber er suchte doch heimlich eine Stelle am hohen Ufer aus, wo das Gebüsch ein Versteck bot, und beobachtete Grita von dort. Er hatte schon nur noch Gedanken für sie, und es kam ihm ganz in Vergessenheit, daß der reiche Wirt Krupat eine Erbtochter habe, um die er eigentlich schon gefreit hatte.

Wenn zwei einander gut sind, bleibt's nicht lange unbemerkt; gewöhnlich wissen die Leute es früher als die Beteiligten selbst. So war denn auch bald Gerede über Ansas und Grita, die einen meinten, das Paar passe gut zusammen, und die andern, es sei für beide eine schlechte Partie, da sie nicht bemittelt genug seien, um von Geld und Gut absehen zu können. Die Urte Karalene fand es gar nicht nach ihrem Geschmack, eine Frau ins Haus zu bekommen, die nicht mit vollen Händen einbrachte. Seit dem letzten Streit holte sie täglich ihren Bedarf an Wasser aus dem Brunnen Petricks und hatte dabei öfters Gelegenheit, mit Grita zusammenzutreffen, die sich allemal gern in ein Gespräch einließ. Dabei war sie immer die Zärtlichkeit selbst und zerfloß in Tränen, wenn sie ihre Leidensgeschichte erzählte. Wer sie hörte, mußte glauben, daß sie die friedfertigste

Person von der Welt sei und kein Wasser trüben könne. Natürlich erschien um so schwärzer ihr Widersacher Ansas Wanags, und je aufmerksamer Grita zuhörte, um so eifriger wurde sie in ihren Anklagen. »O mein Kindchen, mein süßes Engelchen«, beschwor sie das Mädchen dann gewöhnlich am Schluß, »hüte dich vor dem! Der ist ein schrecklicher Mensch, mit dem niemand leben kann und der gar kein Gewissen kennt – ein Teufel, wie nur einer auf der Erde herumgeht, um die Frommen zu versuchen. Mich hat er arm und elend gemacht, und am liebsten wär's ihm, wenn ich verhungern möchte. Nicht einmal einen Trunk Wasser gönnt er mir, und ich muß betteln gehen um die liebe Gottesgabe. Um jedes Körnchen Getreide und um jeden Faden Flachs muß ich erst prozessieren, und wenn er mich anredet, so ist's mit Schimpfworten und Drohungen. Wehe der, die einmal seine Frau wird! Er schlägt sie gewiß schon am Tage nach der Hochzeit, und wo sie bei dem Hungerleider etwas zu essen findet, mag sie auch zusehen. Hüte dich vor dem, mein Engelchen; es nimmt gewiß einmal mit ihm ein schlechtes Ende, wenn an Gottes Gerechtigkeit zu glauben ist.« – Grita hörte geduldig zu, aber sie war weit entfernt, ihr aufs Wort zu trauen. Sah sie das alte Weib doch oft genug abends spät betrunken über die Landstraße taumeln und hatte sie Ansas doch selbst einmal sagen hören, daß die Karalene sein Unglück sei. Er war immer so freundlich und gut zu ihr, ob er schon ihre Armut kannte, und seine Wirtschaft konnte ja noch ganz stattlich werden, wenn er erst die Altenteile los wäre. »Es ist ihm ja gar nicht ernst damit«, sagte sie laut, aber im Herzen sprach's anders.

Ansas hatte Anfechtungen anderer Art zu bestehen. Krupat war nicht ohne Bedenken auf den Handel wegen seiner Tochter eingegangen; nun das Abkommen einmal fest war, hörte er ungern von der neuen Liebschaft reden. Er gehörte zu der Sekte der »Frommen« und war sogar selbst einer von deren Aposteln, reiste in der Gegend umher und hielt Betstunden in den Bauernstuben ab. So fehlte es ihm nicht an einem großen Anhang, der seine Freundschaften und Feindschaften teilte, und Wanags konnte sich bald überzeugen, daß man ihm geflissentlich aus dem Wege ging und es selbst vermied, in der Kirche neben ihm Platz zu nehmen. Er kannte recht gut den Grund dieser Zurückhaltung, und zum Überfluß sprach sein Vater, der im Krug Ärgernis hatte, ihn auch ausdrücklich aus; aber das befestigte seine stille Neigung nur noch mehr. Es verging nun kein Abend, an dem er nicht um das Petricksche Gehöft herumstreifte und auf Grita lauerte, wenn sie die Kuh von der Uferweide abholte oder Wasser aus dem Brunnen schöpfte. Konnte er nur ein Wörtchen mit ihr wechseln, so war er schon froh. Eines Tages, als er auf sein Feld ging, kam ihm Herr Geelhaar entgegengeritten und sprach ihn an. »Wird's bald Hochzeit geben?« fragte er. »Weshalb meinst du?« wich der Litauer aus. – »Nun, es ist so die Rede davon«, antwortete der Gutsherr, »und man hat doch auch Augen.« –»Ich habe ja noch von niemandem ein Hochzeitsgeschenk verlangt«, sagte Wanags, mürrisch seinen Weg fortsetzend. Geelhaar wandte sein Pferd zur Seite und folgte ihm einige Schritte. »Die Grita ist ein hübsches Mädchen«, plauderte er, »aber damit ist's nicht getan. Du brauchst eine Frau, die etwas einbringt, Ansas, und wenn ich dir als guter Freund und Nachbar raten soll –« – »Ich bin mündig, Herr«, fiel der Bauer knurrig ein und ging aufs Feld hinüber. Geelhaar zuckte die Achseln und trabte weiter.

Wenn *der's* nicht will, dachte Ansas, so muß es erst recht geschehen. Es war an einem Sonnabend, und er wußte, daß Grita ihn nicht vorübergehen ließ, ohne einen frischen Kranz zu flechten. Sie hatte bereits mehrmals von seiner Erlaubnis Gebrauch gemacht, aus seinem Gärtchen Blumen zu pflücken, aber es war heimlich geschehen, vielleicht in später Nacht oder ganz früh am Morgen, denn abends hatte er immer vergebens auf sie gewartet. Nun nahm er sich vor, ihr aufzupassen, und wenn er die ganze Nacht unter freiem Himmel zubringen müßte. Die Sache zwischen ihm und ihr sollte einmal ins reine kommen. Er versteckte sich also, als es dunkel geworden war, hinter dem Brunnen und merkte auf. Nach einer Stunde etwa knurrte der Hund, der sich neben ihm gelagert hatte, sprang mit einem eiligen Satz über den Zaun und lief auf das Feld hinaus. Dort beruhigte sich das sonst recht bissige Tier aber sogleich, und bald wurden auch schmeichelnde Worte vernehmbar. Nach wenigen Minuten sah er Grita über das Trittbrett steigen und hinter der Klete herum nach dem Garten schleichen. Leise folgte er ihr nun, trat hinter sie, als sie sich eben zur Erde bückte, umfaßte sie und rief: »Habe ich dich endlich eingefangen?« Sie richtete sich erschreckt auf, sagte aber ganz ruhig, als sie ihn erkannte: »Du hast's ja erlaubt.« – »Freilich hab' ich's erlaubt«, bestätigte er und zog sie fester an sich, »und es ist mir auch lieb, daß du kommst.« – »Aber es ist nicht gut, daß du mir auflauerst, als ob ich etwas Unrechtes tue«, schmollte sie und versuchte sich loszumachen. »Wie soll ich dich denn sonst finden?« lachte er, nach ihrer Hand greifend. »Geh hinein«, bat sie, immer mit ihm ringend, »oder ich laufe davon.« – »Nicht eher, bis du mir gesagt hast, daß du mir gut bist«, flüsterte er, zog sie kräftig an sich und legte seinen freien Arm über ihre Brust, so daß sie sich nicht bewegen konnte. – »Laß mich los und ich will dir's sagen.« – »Nein, du springst mir fort.« – »Dann hast du ja die beste Antwort.« – »Aber die gefällt mir nicht. Grita, sei gut – ich kann nicht leben ohne dich.« – »Ist das wahr?« – »So wahr Gott im Himmel lebt und weiß, was ich sage.« Sie widerstrebte nun nicht mehr, sondern lehnte sich an ihn, ließ es auch geschehen, daß er sie küßte. »Ich bin aber ein armes Mädchen«, sagte sie. »Ich habe auch nicht viel«, meinte er, »und wenn du meine Frau bist, gehört dir's mit. Mit einer Frau wirtschaftet sich's besser. Komm, laß uns das besprechen.« Er führte sie nach der Mauer hin, wo unter dichtem Fliedergebüsch ein niedriger Bretterstapel lag, der als Bank dienen konnte. Der Hund streckte sich zu ihren Füßen auf die Erde hin. Außer ihm war kein lebendes Wesen weit und breit zu bemerken, aber auf dem Sandberge jenseits des Flusses drehte die Mühle langsam ihre Flügel im kühlen Nachtwind, und seitwärts links über dem breiten Kirchdach stieg der Vollmond auf.

Seitdem waren Ansas und Grita ein Paar. Sie gingen nun Hand in Hand über die Landstraße nach der Kirche und trafen sich jeden Abend unter den Birken am Fluß. Meist war von der Hochzeit unter ihnen die Rede, und sie meinten, sie bald nach Martini feiern zu können, wenn die Ernte gut eingebracht worden war. »Die alte Hexe wird wohl wieder das meiste und beste für sich fordern«, sagte er, »aber ich will ihr schon das Leben schwer machen; und wenn sie so zäh ist wie eine giftige Kröte, sie soll sich in kurzem zu Tode ärgern. Dazu mußt du mithelfen, denn solange die bei uns haust, haben wir doch nur das Hungerbrot.«

Es ging nicht, wie er hoffte. Als er seinen Prozeß noch im besten Gange glaubte, war er schon verloren, und nun kamen wieder die langen Rechnungen der Gerichtskasse und der beiden Rechtsanwälte, und da er nicht zahlen konnte, rückten die Exekutoren ein und legten Hand an sein Eigentum. Die Karalene geduldete sich nicht vierundzwanzig Stunden über den Fälligkeitstermin hinaus, sondern brachte wegen ihres Ausgedinges Beschlag auf die Ernte aus. Kristups Wanags suchte für sich etwas zu retten, indem er eiligst seine Forderungen bei Gericht geltend machte, und Herr Geelhaar fragte an, wie es nun mit seinen Zinsen stände. Ihm schien jetzt die Zeit gekommen, einen Trumpf auszuspielen. »Ich habe dir gern das Geld gegeben«, sagte er, »aber ich habe dir auch nicht verschwiegen, daß ich auf Ordnung halte und prompt befriedigt sein will. Sieh nun, wie du dir hilfst, ich warte längstens noch acht Tage.«

Er hielt Wort. Als die Frist verstrichen war, brachte er seine Klage ein. Ansas Wanags konnte nicht widersprechen, da ja die Forderung unzweifelhaft war, und wenige Wochen später kam der Richter herausgefahren, um die Sequestration einzuleiten, und in einer Verfügung, die der Bote überbrachte, stand zu lesen, daß ihm dann Haus und Hof öffentlich verkauft werden solle, wenn er nicht seine Schuld entrichte.

Die Hochzeit mußte aufgeschoben werden. Grita war sehr traurig und weinte viel. Sie ging bei ihren Verwandten herum und bat sie um Beistand, aber sie waren alle selbst arm. Sie überwand sich auch, mit der Urte zu sprechen und sie unter Tränen zu bitten, diesmal nicht strenge zu sein. Aber die Alte antwortete knurrig: »Er hat mir nicht das Wasser aus seinem Brunnen gegönnt; nun wird es seinen Durst nicht mehr lange löschen. Ich werde erst meines Lebens froh werden, wenn sie ihn austreiben. Geh doch zum Gutsherrn, Engelchen, und bitt' ihn um Aufschub. Er ist ja ein reicher Mann und sieht hübsche Mädchen gern. Mich aber laß in Ruhe.« Seitdem hatte Grita einen rechten Haß gegen das Weib und begriff nun, was Ansas meinte, wenn er sie sein Unglück nannte.

Ansas selbst behauptete, es sei alles von Anfang an mit unrechten Dingen zugegangen. Geelhaar, der deutsche Hund, sei ihm immer auf den Fersen gewesen, ihm sein väterliches Erbe abzujagen; seine Freundlichkeit sei nichts als Verstellung, und daß er ihm in der Not Geld gegeben, erweise sich nun als die schlimmste List, ihn in seine Gewalt zu bekommen. Ihm gelinge alles, da er mit dem Teufel im Bunde sei und ihm seine Seele für zeitlich Gut verkauft habe; deshalb sehe ihn auch kein Mensch in der Kirche. Der böseste Feind bleibe aber doch die Urte, und wer die Hexe totschlagen wollte, würde sich einen Gotteslohn erwerben. Grita fand all diese Reden ganz in der Ordnung. Es stand ja klar vor Augen, daß Geelhaar den größten Teil der Dorfschaft eingezogen hatte und nach dem Rest die Hand ausstreckte, und die Altsitzerin – gegen die hatte sie schon so tiefen Groll, daß das Unsinnigste, das Ansas ihr nachsagen konnte, dem Mädchen ganz zutreffend schien. Glaubte sie doch, daß die Alte ihrer Verbindung mit dem Wirt entgegen sei und ihr das Haus schließen wolle.

Geelhaar hatte seinen Inspektor zum gerichtlichen Verwalter bestellen lassen, aber als derselbe in dieser Eigenschaft ein zum Bauerngrunde gehöriges Ackerstück betrat, um dort Arbeiten vornehmen zu lassen, gab es einen bösen Auftritt. Ansas pfändete ihn und drohte mit Schlägen, wenn er sich wieder darauf blicken lasse. »Das ist litauisches Feld«, rief er, »und darauf bin ich Herr, solange ich lebe. Wenn die andern sich von ihrer Väter Erbe haben austreiben lassen, so ist das ihre Sache. Ich aber leide nicht, daß ein Deutscher seinen Fuß auf mein Land setzt, und wer's versucht, dem soll's übel bekommen. Ich habe ein Gewehr zu Hause und weiß damit umzugehen!« Der Inspektor zog sich zurück, aber sein Herr war unzufrieden, daß er sich hatte schrecken lassen. Er schickte ihn am folgenden Tage wieder hin und ging selbst mit. Aber Wanags paßte auf. Er nahm wirklich ein Gewehr auf die Schulter, das sein Großvater einmal aus dem französischen Kriege mitgebracht, und ging aufs Feld ihnen entgegen. Es kam wieder zu starken Wechselreden, aber Geelhaar ließ sich nicht so leicht schrecken. »Das sind Dummheiten, Ansas«, sagte er in seiner trockenen Weise. »Was willst du? Der König hat einen Verwalter eingesetzt, und dem mußt du gehorchen bei schwerer Strafe. Sieh dich vor!« Ansas lachte laut auf. »Der König? Der weiß von euren Schlechtigkeiten nichts, sonst ging's anders zu. Ich kenne den König besser wie du! Er hat die Litauer lieb und will nicht, daß ihnen ihr Land genommen wird. Aber zum Unglück ist er weit, und seine Beamten sind Deutsche, und hinter seinem Rücken geschieht viel Unrecht.« Geelhaar schüttelte den Kopf. »Hast du denn nicht richterlichen Befehl bekommen, Ansas? Da steht, daß mein Inspektor das Grundstück zu verwalten hat, bis es verkauft sein wird.« – »Ich gebe aber nicht meine Einwilligung zum Verkauf«, rief der Litauer, »und ohne meinen Willen kann nichts verkauft werden.« – »Das werden wir ja sehen«, bemerkte der Alte gelassen. »Ich will aber meinen Vorschlag von früher wiederholen, damit du erkennst, daß ich dir auch jetzt noch helfen möchte. Tritt mir deine Wiesen und die Heide ab, die dir nichts nützt, so will ich deine Schuld quittieren.« Der Bauer stieß das Gewehr mit dem Kolben auf die Erde. »Ich habe dir schon gesagt«, antwortete er trotzig, »daß daraus nichts wird. Wenn ich verkaufen muß, so sollst du doch nicht der Käufer sein.«

»Du willst also meinen Inspektor nicht auf deinen Acker lassen?«

»Nein.«

»Gut! so wird der Richter helfen.«

»Der Richter – der ist ja freilich dein guter Freund; letzten Sonntag hast du ihn ja zu Gast gehabt bis tief in die Nacht hinein. Aber es gibt noch einen, der über dem Richter ist, und der wird mir helfen!« Er hob drohend die Faust.

Geelhaar überlegte, daß jeder weitere Streit mit dem hartnäckigen Litauer fruchtlos bleiben würde. »Der muß erst die Hand am Kragen fühlen«, brummte er vor sich hin, »wenn er merken soll, daß einer über ihn Gewalt hat.« Er ließ anspannen und fuhr zum Richter.

Es verstrichen dann auch nur wenige Tage, bis der Exekutor mit dem großen blanken Amtsschild im Dorf sichtbar wurde. »Du mußt binnen acht Tagen heraus«, sagte er zu Wanags, »hast dich unnützlich ausgeführt, gegen die Obrigkeit aufgelehnt, ruhestörenden Lärm gemacht, mit den Waffen gedroht. Kann nicht gelitten werden, ist gegen die öffentliche Ordnung. Sieh hier mein Mandat – acht Tage Frist, das heißt eigentlich für mich, nicht für dich. Weil ich aber noch weiter in den Kreis muß und erst nach acht Tagen zu berichten habe, will ich dir so lange Zeit zum Besinnen geben. Komme ich zurück und finde dich nicht mehr – gut! Treffe ich dich noch, so wirst du an die Luft gesetzt – exmittieren nennt man das. Verstanden?«

Wanags lachte zwar verbissen, aber ihm war doch nicht frei zumut. Der Exekutor war Soldat gewesen, wie er, und flößte ihm Respekt ein. Sich ihm offen zu widersetzen, wenn er das Amtsschild auf der Brust trug, schien nicht geraten. Er war den ganzen Tag mürrisch und in sich gekehrt, arbeitete auch nicht. Abends traf er mit Grita unter den Grenzbirken zusammen, sprach aber wenig, sondern ging mit gesenktem Kopf neben ihr her. Sie umfaßte ihn und gab ihm tausend Schmeichelnamen, ohne ihn doch teilnehmender zu stimmen. Endlich bat er sie, mit ihm in sein Gärtchen unter den Flieder zu kommen; er habe etwas Wichtiges mit ihr zu sprechen, woran ihre ganze Zukunft hinge.

Es war ein kalter Herbstabend; der Nebel fing sich in den Bäumen und tropfte herab. Grita meinte, es sei schlechte Zeit zum Sitzen im Freien, und er möchte lieber in ihre Kammer kommen. Aber er lehnte es ab. »Es muß da besprochen werden, wo wir zuerst glücklich gewesen sind«, sagte er, faßte sie bei der Hand und zog sie fort.

»Höre«, begann er, als sie auf dem Bretterstapel Platz genommen hatte, »sie wollen mir an Haus und Hof, das ist beschlossene Sache. Nach dem Rechten können sie mir zwar nichts anhaben, das weiß ich gewiß – denn was einer von Vater, Großvater und Urgroßvater her hat, das muß auf die Kinder und Enkel kommen nach Gottes Ordnung – aber sie denken auf Gewalt, und da wär's leicht möglich, daß sie mich zwingen, denn viele Hunde sind des Hasen Tod. Darum muß etwas geschehen, sie zu hindern. Ich hab's überlegt und weiß nun wohl, wie ich zum Ziel komme; aber der Weg ist lang und schwer, und wir müssen uns für viele Tage und Wochen trennen.«

»Trennen –?« rief sie erschreckt und lehnte sich fester an seine Brust.

»Dann ist's aber auch gewiß«, versicherte er, »daß wir Hochzeit machen und im Grundstück bleiben. Stirbt dann einmal die Karalene, und lange wird's doch mit ihr nicht dauern, so haben wir Frieden.«

»Lange wird's mit ihr nicht dauern«, wiederholte Grita nachdenklich. Dann schwieg sie eine Weile, wie er, und erst als sie seine Hand schwer auf ihrer Schulter fühlte, fragte sie: »Was willst du tun, Ansas?«

»Es gibt einen, der Macht hat über die Großen und Kleinen«, antwortete er mit gehobener Stimme, »den will ich zu meinem Schutz anrufen. Ich meine den König! Aber der wohnt in Berlin, und Berlin ist weit von hier. Ich habe gedacht, an ihn zu schreiben – es fragt sich nur, ob sie ihm meinen Brief zukommen lassen. Besser ist's, ich gehe selbst, dann wird er mich hören. Ich habe in Potsdam und in Berlin beim Militär vornehme Freunde, die mich wohl noch kennen werden, und sie haben gutes Vertrauen zu mir. Sie sind beim König sehr angesehen und werden schon dafür sorgen, daß er mein Bittschreiben liest, wenn es auch nur von einem armen Litauer kommt. Und dann sollst du einmal sehen, was geschieht!«

»Wie weit ist's bis Berlin?« fragte Grita bedrückt.

»Mehr als hundert Meilen«, sagte er kleinlaut.

»Ach –! Und die willst du zu Fuß gehen, Ansas?«

»Das Fahren kostet zu viel; und wenn's auch lange dauert, man kommt doch zuletzt ans Ziel.«

»Wie lange?«

»Wochen und Wochen. Was schadet das? Wenn wir beide nur nicht so lange getrennt sein müßten, Grita –!«

Sie drückte seine Hand. »Ich will dich begleiten, Ansas.«

»Das geht nicht, Kind; du wirst müde, und es muß auch einer hier aufpassen, daß sie's nicht zu arg treiben. Die Urte verkauft mir das Stroh vom Dach, wenn man ihr nicht aufpaßt.«

»Die Urte – ja, ja! – Wann gedenkst zu gehen?«

»Morgen.«

»Morgen schon –?«

»Es hat Eile, und um so früher bin ich wieder zurück.«

»Dann machen wir Hochzeit?«

»Sobald ich wieder hier bin.«

Sie umarmte und küßte ihn. »Geh denn –!« sagte sie zärtlich, »ich will sehen, was ich indessen für uns tun kann.« Ihm war das Herz freier, nachdem er sich ausgesprochen hatte. Er zog Grita auf seinen Schoß und liebkoste sie und scherzte ganz heiter. Erst nach Mitternacht gingen sie auseinander.

Früh am nächsten Morgen packte Ansas in eine alte lederne Jagdtasche etwas Wäsche, ein Paar Schuhe, ein litauisches Gesangbuch, einen großen Brief, den er selbst geschrieben hatte, und so viel

Mundvorrat, als noch Platz haben wollte, zog seinen besten Schaf-
pelz mit rotseidenen Nähten auf den Achseln an, setzte die Soldatenmütze auf, ergriff einen Stecken mit eiserner Spitze und nahm
von seinem Vater Abschied. Er übergebe ihm die Wirtschaft bis zu
seiner Wiederkehr, sagte er ihm, und er solle das Haus vor der alten
Hexe gut in acht nehmen. »Und finde ich auch nur einen einzigen
Baum heruntergeschlagen«, fügte er hinzu, »so ist unsere Freundschaft für immer aus.« Dann ging er zu Petrick hinüber und sah
durch das kleine Fenster in die Stube hinein. Da stand schon Grita
in ihren Sonntagskleidern und nickte ihm freundlich zu. Sie wollte
ihn eine Strecke begleiten, rief sie hinaus.

Das tat sie denn auch, und sie gingen nun zusammen bis zum
Mittag Hand in Hand über die Landstraße. Dann machte Ansas halt
in einem großen Dorf und sagte, es wäre nun Zeit zu scheiden, damit sie vor Nacht zu Hause sei. Grita hatte in einem Tuch Eßwaren
mitgenommen, Brot und Käse und gebratene Fische, und sie setzten
sich auf die Deichsel eines abgespannten Lastwagens und verzehrten gemeinsam das letzte Mahl. Gesprochen wurde kein Wort weiter, sondern als sie fertig waren, reichten sie einander die Hand,
sahen sich traurig an und gingen, der eine rechts, der andere links.

Grita besorgte in den ersten Wochen nach diesem Abschied ihre
häuslichen Geschäfte wie sonst, nur daß sie seltener sang und an
den Sonntagen nicht unter den jungen Leuten anzutreffen war, die
sich lustig vergnügten.

Als einige Wochen verflossen waren und Ansas immer noch nicht
zurückkehrte, fing sie an sehr ungeduldig zu werden. Sie fragte
beim Schullehrer an, wieviel Tage ein Fußgänger brauche, um nach
Berlin zu gelangen, und erhielt eine Antwort, die sie sehr nachdenklich stimmte, zumal der gelehrte Mann die Entfernung gewaltig
übertrieb. Sie hatte sich eingeredet, es müßte ein großer Brief vom
König kommen und infolgedessen das Verfahren sofort eingestellt
werden. Davon war nun nicht das mindeste zu merken; vielmehr
wirtschaftete der Inspektor des Herrn Geelhaar auf dem Bauernland, als ob es schon zum Gut eingezogen wäre, und Kristups
Wanags wurde nicht einmal um seine Meinung gefragt. Die Karalene lärmte jeden Abend betrunken vor dem Haus und rief, wenn sie
das Mädchen bemerkte, schadenfroh hinüber: »So geht's endlich

nach der Ordnung – nun haben wir Ruhe, seit das Teufelskind auf und davon ist. Mag er auf der Landstraße verderben und nie mehr zurückkehren!« Ihre Wut steigerte sich, als sie zufällig eine Entdeckung machte, die sie über einen früheren Vorfall aufklärte. Beim Wasserschöpfen fiel ihr ein Handschuh in den Brunnen; sie durchsuchte ihn mit einer Stange und zog das ihr bekannte rote Tuch heraus, in welchem sich noch kleine Papierlappen und der schwarzweiße Faden mit dem Gerichtssiegel vorfanden. Sofort eilte sie zu Grita und schrie mit fast erstickter Stimme: »Nun ist's klar wie der Tag. Ansas hat mir das Dokument gestohlen, um mich besser betrügen zu können – er hat fremdes Eigentum vernichtet! Aber das soll ihm nicht so hingehen – das muß der Herr Staatsanwalt in der Stadt erfahren – das bringt ihn ins Zuchthaus. Und wenn er auch fortgelaufen ist, sie werden ihn schon zu finden wissen, den Dieb, den Betrüger! Dann hast du einen Schatz, der dir gefallen kann – heißa, mein Vögelchen, heißa! Wann gibt's Kindtaufe?« Grita konnte nicht zweifeln, daß die Alte ihre Drohung wahrmachen werde, und fühlte sich um so mehr beunruhigt. Und wenn sonst alles gut wird, überlegte sie bei sich, die Hexe bleibt uns im Haus, und die Not hat kein Ende, solange sie lebt.

Seitdem schwand ihr natürlicher Frohsinn gänzlich, und sie wurde so wortkarg und verschlossen, daß selbst Petrick, der sich doch sonst um nichts in der Welt Sorge machte, die Veränderung merkte. »Ich will noch einmal zu meinen Verwandten an der Grenze«, sagte sie ihm, »und anfragen, ob einer jetzt helfen kann, nachdem die Ernte ausgedroschen ist.« Das war nur ein Vorwand; sie hatte andere Dinge im Sinn.

Am nächsten Sonntag ging sie nach der Kirche und kniete während des Gesanges und sogar während der Predigt. Über Mittag blieb sie im Gotteshause, setzte sich auf die unterste Altarstufe, weinte viel und betete unaufhörlich, daß Gott ihr ihre Sünden vergeben möge. Von den großen Leuchtern war etwas Wachs auf die Decke herabgeträufelt; das sammelte sie, als sie allein war, sorgsam auf, rollte es in ein Kügelchen zusammen und knüpfte es in den Zipfel ihres Tuches. Auch den Nachmittagsgottesdienst über hielt sie ganz nüchtern in der Kirche aus – sie hatte sich vorgenommen, an diesem Tage zu fasten – und als dann der Pfarrer aus der Sakristei trat, um über den Kirchhof nach dem Pfarrhause zu gehen, stellte sie sich ihm in den Weg, faßte den weiten Ärmel seines Talars, drückte einen Kuß darauf und entfernte sich eiligst, ohne ein Wort zu sprechen. Es waren abergläubische Vorstellungen ganz eigener Art, die sie zu dieser ganzen Handlungsweise bestimmten.

Dann ging sie wirklich nach der Grenze, aber nicht zu ihren Verwandten, sondern zu einem russischen Juden, der den Schmuggelhandel betrieb und den sie oft bei ihrem Vater gesehen hatte. Er kannte sie und fragte in Erinnerung an die guten Dienste, die ihm der Schmuggler geleistet hatte, freundlich, was ihr Begehr sei. »Ich habe mitunter gesehen«, sagte sie, »daß mein Vater seinen Pferden etwas eingab, auch wenn sie nicht krank waren, und er belehrte mich, daß sie davon besseren Appetit zum Fressen und ein glattes, glänzendes Fell bekämen. Das Mittel habe er von dir erhalten, versicherte er.« Moses merkte etwas ängstlich auf. »Ist hinterher ein Unglück damit geschehen?« fragte er verlegen. »Habe ich's ihm doch gegeben für die Pferde und kann doch nicht gutstehen für den falschen Gebrauch.« – »Von was für einem Unglück sprichst du?« fragte das Mädchen, scheinbar ganz unwissend. Moses war beruhigt. »Hab' ich gesagt ein Unglück?« berichtigte er sich, »hab' ich doch nur gemeint ein Malheur. Wie kommst du überhaupt auf so etwas, Kind?« – »Ich wollte dich nur bitten, mir auch das Mittel zu geben.« Moses sah sie erschreckt an. »Was? Dir? Was willst du damit?« – »Ich diene jetzt bei einem Wirt«, erzählte sie, »der sehr schlimm ist. Er hat einen Knecht, mit dem er täglich lärmt, weil er ihm vorwirft, daß er ihm die Pferde schlecht halte. Jurgis wäre schon längst fortgelaufen, wenn er mich nicht lieb hätte. Nun hab' ich ihm von dem guten Mittel gesagt, das mein Vater brauchte, und er läßt mir keine Ruhe, bis ich es ihm verschaffe. Deshalb komme ich zu dir, und wenn du mir nicht helfen willst, ist's mit der Liebschaft aus, denn der Ärger treibt ihn nächstens doch fort.« Der Jude schüttelte den Kopf. »'s ist nicht erlaubt – geh! Laß mich in Ruhe.« Sie bat und weinte. Kein Mensch sonst solle davon erfahren, und er könne sie doch nicht unglücklich machen. Endlich ließ er sich erweichen, den Wandschrank aufzuschließen. »Hier hast du's«, sagte er, indem er ihr ein kleines Papierpäckchen zusteckte, »aber komme mir nicht wieder; ich will mit deinen Liebschaften nichts zu tun haben.«

Grita dankte und machte sich wieder auf den Weg, nicht nach Hause freilich, sondern über die Grenze. Sie vermied geschickt die russischen Patrouillen und gelangte unangefochten nach dem nächsten großen Dorf, in dessen Mitte die katholische Kirche stand. Es war noch nicht spät am Nachmittag, aber die Sonne schon untergegangen und der Himmel bewölkt; sie durfte nicht befürchten, erkannt zu werden. Die Fenster der Kirche zeigten sich matt erleuchtet, wahrscheinlich wurde noch eine Messe gelesen. Grita ging eilig und ohne sich irgendwo aufzuhalten nach dem Portal und fand, wie sie gehofft hatte, die kleine Eingangstür offen. Nachdem sie sich scheu umgesehen, ob ihr jemand folgte, trat sie in die Vorhalle unter den Turm und horchte einige Sekunden lang an der nur leicht angelegten Pforte, über der auf dem Bindebalken der zwei plumpen Säulen ein großes Kruzifix stand. Es war nur das eintönige Murmeln des Geistlichen vernehmbar und von Zeit zu Zeit das Klingen eines feinen Glöckchens. Grita wandte sich zur Seite, wo an der Wand hinter der einen Säule eine kleine Lampe über dem Weihwasserbecken brannte. Auf letzteres war's abgesehen. Sie knickste, wie sie es von den Katholiken gesehen hatte, schöpfte rasch und unter heftigstem Herzklopfen eine Handvoll Wasser, trank einen Schluck davon und befeuchtete mit dem Rest Stirn und Brust. Dann kniete sie auf dem Steinboden nieder und sprach hastig ein Gebet. Kaum war das Amen über die Lippen, als sie auch schon scheu, wie sie gekommen war, die Halle verließ. Sie lief mehr, als sie ging, bis sie wieder die Grenze erreicht hatte.

Was sollte das? Grita war eine evangelische Christin und hielt, wie die Litauer überhaupt, etwas auf ihr Glaubensbekenntnis. Aber hier mußte ein Fall vorliegen, wo der Glaube nicht kräftig genug schien, gewisse Hindernisse zu überwinden, wo nur Zaubermittel helfen konnten. Ein solches Zaubermittel war ihr und den meisten ihrer Landsleute das Weihwasser einer katholischen Kirche. Sie konnte sich dabei gar nichts anderes denken, als daß ihm eine ganz besondere Schutzkraft durch den Priester beigelegt sei, der ja Macht haben sollte, von Sünden zu erlösen, also selbst eine Art von Zauberer war. Hatte sie doch oft genug die Szamaitischen Schmuggler sagen gehört, es sei ihnen wenig beschwerlich, wenn sie einmal einen Grenzposten erschossen hätten, da sie sich leicht losbeichten könnten. Zur Beichte durfte sie nun freilich nicht; das wäre eine

Verleugnung ihres Glaubens gewesen, die sie in den übelsten Verruf gebracht hätte; aber sich heimlich etwas von den Gnadenmitteln der fremden Kirche zuzuwenden, um das Gewissen im voraus zu beschwichtigen, das schien ihr durchaus nicht unerlaubt, und das Herz schlug ihr nicht deshalb so laut, weil sie abergläubisch von ihrem Bekenntnis abirrte, sondern weil sie befürchtete, bei dem Diebstahl einer sehr wertvollen Sache ertappt zu werden.

Ob der Zauber nun doch nicht ganz so kräftig wirkte, als sie erwartet hatte, oder was sonst der Grund sein mochte, sie schien nach Hause zurückgekehrt von einer auffallenden Unruhe gepeinigt. Wohl zehn und mehrmal täglich ging sie scheinbar ohne Veranlassung auf die Dorfstraße hinaus, lief eine Strecke, setzte sich auf einen Chausseestein, schaute ins Weite und machte sich traurig und mit gesenktem Kopf wieder auf den Rückweg. Geelhaar, der sie einmal sitzen fand, redete sie an. »Du wartest wohl auf deinen Schatz?« fragte er in seiner etwas derben Weise. »Das kümmert dich ja nicht«, antwortete sie. »Freilich!« nickte er mit den Augen zwinkernd, »mich kümmert's nicht, aber dich um so mehr. Wo treibt Wanags sich denn herum? Er vergißt wohl gar den Bietungstermin für sein Grundstück. Du solltest doch an ihn schreiben, Grita; ist er zugegen, so treibt er vielleicht doch noch das Gebot in die Höhe und schlägt ein paar Taler für sich heraus.« – Sie machte eine ablehnende Bewegung und kehrte ihm den Rücken zu. »Wohin soll ich schreiben?« sagte sie, trotzig den Kopf aufwerfend, »ich weiß ja nicht, wo er jetzt zu finden ist. Aber es hat keine Not. Den Hof werdet ihr ihm nicht verkaufen – dafür ist der König da!« – »Das sind rechte Vorurteile«, brummte der Alte. »Solltest lieber bei mir ein gut Wort einlegen. Aber was hilft's ihm freilich, wenn ich Geduld habe? Mit der Karalene kommt er sein Lebenlang nicht zurecht.« Das Mädchen nahm den Kopf in beide Hände und schwieg. Geelhaar ging weiter.

Als Grita nach einer Weile aufsah, glühte ihr das ganze Gesicht bis zur Stirn hinauf. Sie stand auf und zog das Kopftuch fester zu, so daß nur die Augen frei blieben. Trotz des eisigen Windes, der ihr entgegenblies, und der Hagelschauer, die sich von Zeit zu Zeit aus den schwarzen vorüberjagenden Wolken stürzten, schritt sie eine Weile auf der Chaussee fort, denselben Weg, den sie zuletzt mit Ansas gemacht hatte. Sie meinte vielleicht, dem Rückkehrenden zu begegnen, aber so oft sie auch aufschaute, die bekannte Gestalt ließ sich nicht blicken. Erschöpft setzte sie sich endlich wieder auf einen Stein und weinte. Dann kehrte sie langsam zurück.

Als sie am Herrenhause vorüber war und in die Dorfstraße einbog, dämmerte es schon. Sie sah Kristups Wanags hinter dem Haus über Feld mit einem Wagen nach der Brücke zu fahren, der mit Brettern und altem Stroh beladen war. Der hat den alten Stall abgebrochen, dachte sie, aber sie störte ihn nicht, da sie ja wußte, daß er nichts zu leben hatte. Im Hause war kein Licht zu bemerken; wahrscheinlich war die Urte nicht darin. Sie pflegte jeden Nachmittag über die Heide nach einem Grenzdorf zu gehen, wo sie in der Spinnstube einen kleinen Verdienst hatte und sich recht nach Lust ausplaudern konnte. Grita hatte sie manchmal erst spät in der Nacht zurückkommen und vor Petricks Fenstern lärmen und schimpfen hören. Das Haus stand leer.

Sie trat unter die Birken, deren Behang von dünnen kahlen Zweigen vom Winde gejagt durch die Luft peitschte, rüttelte ein wenig an der verschlossenen Tür, horchte am Fenster wohl eine Minute lang und ging dann wieder auf die Dorfstraße hinaus. Nachdem sie dort noch eine Weile gestanden und ausgeschaut hatte, schlich sie um den Zaun herum bis zu dem Trittbrett, stieg vorsichtig über, ließ den Brunnen links liegen und wandte sich um die Klete herum und durch den Garten wieder der Rückseite des Hauses zu, die hier eine Ausgangstür hatte. Sie wußte, daß deren oberer Teil stets nur angelegt und durch kräftiges Heben und Ziehen zu öffnen war. Es gelang ihr, so in den Flur zu kommen, der sich quer durch das Haus zog, und in dessen Mitte unter dem Schornstein sich die niedrige Kochvorrichtung von Feldsteinen und Lehm befand. Es war ganz dunkel, aber sie wußte trotzdem Bescheid in dem Hause, das genau nach litauischer Art eingerichtet war. Eine Tür seitwärts führte nach der Kammer der Altsitzerin. Grita betrat dieselbe, tastetete an der Wand nach dem kleinen Holzschranke neben dem Ofen, öffnete leise und fühlte in den beiden Fächern mit der Hand umher. In einer Ecke stand eine große Flasche. Sie hob dieselbe heraus, schüttelte sie am Ohr und überzeugte sich davon, daß sie eine Flüssigkeit enthielt, roch auch hinein und trat dann dicht an das Fenster, wo das Schimmerlicht von außen Gegenstände, wenn schon undeutlich, erkennen ließ. Sie zog dann etwas aus der Tasche, legte die

Hand wie einen Trichter um den Hals der Flasche, schüttete ein Papier darin aus, rüttelte die Flüssigkeit eine Weile hin und her und stellte das Gefäß wieder in den Schrank hinein, genau an die Stelle, wo sie es gefunden hatte. Dann schlich sie hinaus, hob die Tür ein und ging im Bogen über Feld nach der Wohnung ihres Großvaters.

Zwei Tage später verbreitete sich am Morgen das Gerücht, die Urte Karalene sei soeben von Leuten, die zum Marktflecken wollten, auf der Heide unter einem Wacholderstrauch tot gefunden. Man wußte, daß sie am Abende vorher in der Spinnstube über Magenschmerzen geklagt und der Branntweinflasche tüchtig zugesprochen hatte, um sie zu vertreiben. Mit der trunksüchtigen Alten habe es gar kein gutes Ende nehmen können, hieß es allgemein; wahrscheinlich habe sie den Weg verfehlt, sei über den Wachholder gefallen, dort liegengeblieben und in der kalten Nacht jämmerlich umgekommen. Das schrieb auch der Richter bei der Leichenschau zu Protokoll und die Sache war abgetan.

Als die Karalene begraben wurde, fehlte Grita im Gefolge. Sie lag schwer krank zu Bett und ächzte und stöhnte wie eine Sterbende. –

Ansas Wanags hatte eine beschwerliche Reise zu überstehen gehabt. So knapp er sich auch einrichtete, seine Mittel gingen bald zu Ende, und er mußte nun bei mitleidigen Bauersleuten um einen Platz an ihrem Tisch und um ein Unterkommen zur Nacht bitten. Er hatte sich's doch zu leicht gedacht, die mehr als hundert Meilen zu Fuß zurückzulegen. Das Wetter war abscheulich; tagelang strömten die kalten Herbstregen nieder und durchweichten seinen Pelz; sein Schuhwerk hielt den schlechten Wegen nicht stand und fing an sich zu lösen. Manche Nacht mußte er unter freiem Himmel oder in einer offenen Einfahrt zubringen, und selten nur fand sich eine Gelegenheit, eine Strecke zu fahren. Seine eiserne Natur und seine Zähigkeit überwanden zwar manches Ungemach, aber zuletzt schleppte er sich nur noch mühsam mit wunden Füßen und fieberkrank fort. Es blieb ihm nichts übrig, als in einem Städtchen das öffentliche Spital aufzusuchen. Erst nach zwei Wochen wurde er von dort entlassen und setzte nun wieder eilig seinen Weg nach Berlin fort. Endlich erreichte er sein Ziel, aber sehr viel später, als er vorausgesetzt hatte.

In Berlin war er von seiner Militärzeit her bekannt. Er suchte die Plätze auf, an denen seine Kompanie sich zu sammeln und zu exerzieren pflegte, fand aber nicht mehr dieselben Gesichter vor. Nur der Feldwebel war noch auf seinem alten Posten. Er hörte ihn freundlich an, gab ihm aber die wenig tröstliche Auskunft, daß die Herren Offiziere versetzt oder befördert seien, und daß er selbst nicht einmal genau wisse, wo dieselben jetzt anzutreffen sein möchten. Sein früherer Hauptmann sei freilich noch am Ort, habe aber ein Bataillon erhalten. »Du bist ein dummer Kerl«, sagte er ihm geradezu, »daß du den weiten Weg hergelaufen bist, statt deinen Brief zur Post zu geben. Wie hast du dir einbilden können, daß dich der König sprechen wird? Da müssen sich ganz andere Leute melden.«

Ansas war so leicht nicht auf andere Gedanken zu bringen. Wer sich entschlossen hatte, von Wanagischken nach Berlin zu wandern, der konnte nicht nach dem ersten Fehlschlagen seiner Hoffnungen umkehren. Er erkundete die Wohnung des Majors, der jetzt verheiratet war und ein großes Haus machte, suchte ganz pfiffig erst die Bekanntschaft seines jetzigen Burschen und wußte durch ihn die Meldung an den großen Herrn zu bringen, daß Ansas Wanags angelangt sei und ein Anliegen habe. So wurde er denn wirklich vorgelassen, sehr gnädig aufgenommen und sogar der jungen Frau in seiner bemerkenswerten Eigenschaft als National-Litauer vorgestellt. Er erhielt nun für die Zeit seines Aufenthaltes Freitisch in der Küche zugesichert, auch ein hübsches Stück Geld, um sich einmal »in Berlin zu amüsieren«, aber in der Hauptsache kam er wenig weiter. »Ich selbst«, bedeutete ihn der Major, »kann deinen Brief nicht abgeben, aber ich will einmal mit meinem Vetter sprechen, der bei Hof ein Amt bekleidet und dort gute Freunde und Gönner hat.«

Wanags wartete ein paar Tage; da aber kein Bescheid von dem gräflichen Vetter kam, hielt er es doch für zuverlässiger, auf eigene Faust zu handeln. Er wußte sehr gut, daß die Schildwachen ihn nicht einlassen würden, wenn er versuchen wollte, in des Königs Palais einzudringen, aber er wußte auch sehr gut, wo des Königs Arbeitszimmer lag, und daß derselbe mitunter ans Fenster trat und hinausschaute. Er stellte sich also schon frühmorgens am Gitter des Denkmals Friedrichs des Großen auf, nahm seinen großen Brief in die Hand und sah unverwandt nach dem Königlichen Palais und nach dem bekannten Fenster desselben hinüber. Sobald er dort jemand zu bemerken glaubte, hob er seinen Brief in die Höhe. Es verdroß ihn nicht, daß man bis zum Abend keine Notiz von ihm nahm, und daß auch am zweiten Tage niemand nach ihm fragte; er fand sich am dritten wieder ein. So konnte es nicht fehlen, daß er selbst, obgleich er sich ganz ruhig verhielt und nur von Zeit zu Zeit seinen Brief aufhob, Gegenstand der Aufmerksamkeit für die Vorübergehenden wurde, zumal er in seiner litauischen Tracht immerhin eine außergewöhnliche Erscheinung war. Es sammelte sich um ihn die Straßenjugend und auch der neugierige Reisende blieb stehen, zu fragen, was das bedeute. Das schien dem wachhabenden Schutzmann denn doch nicht in der Ordnung. Er fragte ihn, was er eigentlich wolle, und wies ihn mit dem Bemerken fort, daß Seine Majestät nicht belästigt werden dürfe. Ansas meinte aber, er tue nichts Böses, wenn er hier ruhig stehe. Der Schutzmann wollte diese Einrede nicht gelten lassen, die Umstehenden mischten sich in die Angelegenheit, und es kam zu einem heftigen Disput, den der Beamte mit der Drohung schloß, daß er bei fortgesetzter Weigerung, zu gehen, die gewaltsame Entfernung des Querulanten veranlassen müsse.

Vielleicht wäre es wirklich zu einer Arretierung gekommen, wenn sich nicht in diesem kritischen Moment die Tür des königlichen Palais unter der Säulenhalle geöffnet hätte, um einen Offizier durchzulassen, der an der über die Schulter gehängten Schärpe als Adjutant kenntlich war und direkt auf die Gruppe zueilte. Der Litauer hielt seinen Brief hoch, die Umstehenden machten Platz und der Polizeibeamte grüßte ehrerbietig. Der Offizier ließ sich den Brief reichen, betrachtete die Anschrift, winkte dem Überbringer, ihm zu folgen, und verschwand mit Wanags im Palais den Blicken der Neugierigen, die noch lange ihren Platz behaupteten, um der kommenden Dinge zu harren.

In der Vorhalle wurde Ansas gründlich nach seinen näheren Verhältnissen ausgefragt und von dem Offizier wegen seiner Zudringlichkeit gescholten. Er verteidigte sich, so gut er konnte, mit seiner Not, und die zutrauliche Art, mit der er in gebrochenem Deutsch seine Lebensgeschichte erzählte und seine Hoffnungen vortrug, schien so originell, daß die Herren unmerklich Interesse für den armen Menschen gewannen, der eine so weite und beschwerliche

Reise in dem naiven Glauben gemacht hatte, der König könne sich um die häuslichen Verhältnisse auch des geringsten seiner Untertanen kümmern. Der Adjutant versprach ihm endlich, den Brief selbst abzugeben, aber Ansas meinte, es wäre ihm doch lieber, wenn er seinen guten König selbst sehen könne, und er wolle doch auch wissen, was er dem Exekutor zu sagen habe, wenn er sich wieder bei ihm melde, und ob es erlaubt sei, daß den armen Litauern ihr ererbtes Land von den Deutschen fortgenommen werde. Der Offizier bedeutete ihm, daß der König unmöglich jeden selbst hören und sprechen könne, hieß ihn aber doch warten und ging hinein. Nach einer Weile kam er zurück, sagte, daß der König seinen Brief gelesen und seinen Sohn, den Kronprinzen, beauftragt habe, ihm Bescheid zu geben, führte ihn auch durch eine Reihe von Zimmern nach einem Kabinett und meldete ihn an.

Ansas Wanags fühlte sich durch den Gedanken, einer so hochgestellten Persönlichkeit gegenübertreten zu sollen, keineswegs beunruhigt. War er auch jetzt nicht in Uniform, so steckte doch der Soldat zu fest in ihm, um eine Unsicherheit in seinem Benehmen aufkommen zu lassen; er hatte ja gelernt, wie man vor einem Offizier zu stehen und ihm zu antworten habe, und an Übung hatte es ihm keineswegs gefehlt, mit den hohen und höchsten Herrschaften vom Militär zu verkehren. Daß er sich kerzengerade zu postieren, die Arme unbeweglich zu lassen, den Kopf aber frei aus der Binde herauszustrecken, seinen Vorgesetzten offen anzusehen und dessen Fragen laut, kurz und bestimmt zu beantworten habe, verstand sich für ihn ganz von selbst. Nach wenigen Minuten erschien der Kronprinz im einfachen Offiziersrock, vom Adjutanten begleitet, ging freundlich auf ihn zu und redete ihn in seiner leutseligen Weise mit einigen litauischen Worten an. Nun war Ansas ganz Seligkeit; er antwortete in seiner Landessprache und schien verstanden zu werden. »Du hast wohl dein Deutsch wieder ganz verlernt«, fragte der hohe Herr, vorsichtig einlenkend. »Nein, königliche Hoheit«, antwortete der Litauer schmunzelnd, »ich 'aben viel behalten.« – »Das ist mir lieb«, meinte der Kronprinz, »laß einmal hören.« Er erkundigte sich nun in deutscher Sprache nach seinen Verhältnissen, fügte aber von Zeit zu Zeit einen litauischen Ausdruck ein. Wanags sprach von Herrn Geelhaar, dem Schlauen Fuchs, von der Urte Karalene, der betrunkenen Hexe, vom Richter, der kein Wort Litauisch könne, vom alten Sekretär, der sich Butter und Eier in die Küche tragen lasse und hinterher doch tue, was er wolle, und von den andern Personen seiner nächsten Nachbarschaft wie von Leuten, die dem Prinzen bekannt sein müßten, wie ihm, und machte den hohen Herrn oft lachen. Derselbe hörte aber seine Klage, daß die Litauer mehr und mehr von den Deutschen verdrängt würden, sehr ernst an und bemerkte zum Adjutanten: »Es ist schade um das Volk; die Litauer stellen uns die besten Soldaten.« Schließlich entließ er den wunderlichen Gast mit den ihm sehr tröstlichen Worten: »Geh' nur nach Hause, Ansas, damit du dort nichts versäumst. Deine Sache soll gründlich untersucht werden, und wenn dir wirklich Unrecht geschehen sein sollte, so wird dir geholfen werden, soweit geholfen werden kann, oder die Schuldigen sollen zur verdienten Strafe kommen. Wenn du dich aber selbst ins Unglück gebracht hast, so kann dir kein Mensch helfen, auch der König nicht. Das Gesetz ist über allen.« Damit grüßte er und entfernte sich. Der Adjutant führte Ansas wieder durch eine Reihe von Zimmern und Korridoren bis an eine Treppe. Dort gab er ihm mehrere blanke Goldstücke, sagte, daß der König sie ihm als Reisegeld schicke und ließ ihn durch einen Diener aus dem Palais führen. Als die Tür sich hinter ihm schloß, befand er sich nicht unter den Linden, sondern in einer Seitenstraße. Er hätte sich einbilden können, geträumt zu haben, daß er in einem Königshause gewesen, wenn nicht das Gold in seiner Hand jeden Zweifel an der Wirklichkeit ausgeschlossen hätte.

Für ihn war es nun gewiß, daß man ihm zu Hause nichts werde anhaben können. Daß der Kronprinz auch an den Fall eigener Verschuldung gedacht, hatte er keineswegs überhört, aber es fiel ihm nicht einmal ein, zu überlegen, ob derselbe auf ihn Anwendung finden könnte. Er war heiter und guter Dinge, strich langsam durch die Straßen an den prachtvollen Schaufenstern hin und guckte hier und dort hinein, immer mit sich beratend, was er wohl seiner Grita kaufen und mitnehmen könnte. Es paßte nur das wenigste für eine Litauerin. Endlich fiel ihm bei einem Juwelier ein goldenes Kreuz, mit kleinen funkelnden Steinen besetzt, in die Augen. Das wäre etwas, worüber sie sich freuen könnte, meinte er, und alle Bäuerinnen würden sie beneiden, wenn sie damit in der Kirche erschiene. Er kaufte es sofort, und es kümmerte ihn wenig, daß ein großer Teil seines königlichen Geschenkes darauf ging. Er reichte mit dem Rest noch vollauf bis nach Hause, meinte er, und es werde bei einiger Sparsamkeit auch noch soviel übrigbleiben, daß er Geelhaar die schuldigen Zinsen zahlen könne, dann sei ihm doch gewiß nichts anzuhaben.

Seine Rückreise kam ihm minder beschwerlich vor, da er von Mitteln nicht ganz entblößt war und frohen Mut hatte. Zwar stellte sich der Winter mit scharfem Frost ein, doch litt er in seinem Pelze davon weniger, als von der Nässe vorher. An jedem Abend wickelte er das Kreuz aus den Papieren, in die der Juwelier es sorgsam verpackt hatte und die so wundersam nach Rosen und Lavendel dufteten, und wenn er es ansah, stand auch Grita lebhaft vor ihm, und daß er ihr nun jeden Tag näher komme und daß die Hochzeit immer weniger fern sei, das stärkte seine Kraft und stählte seine Muskeln.

So kam er denn endlich in das Dorf, in dem er von Grita Abschied genommen hatte, und meinte, daß er sie dort wiederfinden müßte, obschon er ihr gar keine Nachricht gegeben. Es war schon spät am Nachmittag, aber er fand keine Ruhe mehr zu rasten, seine Sehnsucht trieb ihn weiter. Er lief mehr als er ging, und nach wenigen Stunden schon sah er das Herrenhaus mit hellerleuchteten Fenstern vor sich. Er drohte mit der Faust hinüber und murmelte vor sich hin: »Warte nur, mit dir werde ich jetzt bald fertig werden!« Wie er der Dorfstraße näher kam, strengte er seine Augen an, die bekannten Gegenstände herauszufinden; aber der Lichtschein blendete und der Himmel war mit Wolken bedeckt, so daß sich nur die größeren Massen wie etwas hellere Nebel davon abhoben. Täuschte er sich? Die Umrisse stimmten nicht ganz mit seiner Erinnerung. Um sein Haus herum waren ihm die Bäume sonst immer höher erschienen. Wenn sein Vater doch die Birken – – Er verdoppelte seinen Schritt, und nun bog er rechts ein – und wahrhaftig! Da fehlten die schönsten Bäume vor der Tür, und allerhand Strauchwerk lag auf der Erde herum, und auf dem Hof war geschlagenes Holz aufgeschichtet. Das Herz wollte ihm zerspringen vor Zorn und Schmerz. Wer hatte ihm das getan?

Er hatte gedacht, vorbeizugehen und zuerst bei Petrick anzuklopfen, um Grita einen Besuch abzustatten, aber sein Fuß war wie gebannt, er konnte nicht weiter. In der Stube brannte Licht hinter den befrorenen Scheiben. Es zog ihn da hinein.

Die Haustür war von innen verriegelt. Man pflegte sonst nicht so vorsichtig zu sein. Er pochte heftig an, wie jemand, der seinen Ärger schon außen zu erkennen gibt, ungerechtfertigterweise ausgeschlossen zu sein. Es war ihm gewiß, daß sein Vater öffnen würde, und er rief deshalb schon, ehe die Tür noch halb aufgezogen war, zornig hinein: »Wer hat meine Birken heruntergeschlagen?« Zu seiner größten Verwunderung fragte eine ganz fremde Stimme hinaus: »Was gibt's denn so spät?« und als er nun zögerte und zurückschaute, ob er auch wirklich in Wanagischken und auf seinem Hof sei, beugte sich eine weiße Zipfelmütze um den Türpfosten, und die Frage wurde wiederholt.

»Wer bist du?« fragte Ansas erschreckt. Er war abergläubisch, wie alle Litauer, und glaubte, einen Geist zu sehen.

»Das frage ich dich?« lautete die Antwort. Dann aber schien der Ankömmling besser ins Auge gefaßt zu sein, denn der Fremde fuhr in ganz verändertem Tone fort: »Ach! bist du's, Ansas Wanags? Wir hatten schon geglaubt, daß dich unterwegs der Teufel geholt hätte, oder daß du über die Grenze gegangen seist. Was willst du hier?«

Ansas erkannte nun auch seinerseits den Sprechenden als den Kämmerer des Herrn Geelhaar. »Was willst *du* hier?« fragte er wild, »hier in meinem Hause?«

»In *deinem* Hause –! Ach, du weißt wohl noch nicht einmal –? Aber komm herein. Es ist empfindlich kalt, und der Wind bläst mir das Licht aus.«

Der Litauer zögerte. »Ich muß erst der Grita melden, daß ich wieder heim bin«, sagte er.

»Der Grita? Die findest du nicht mehr bei ihrem Großvater.«

»Nicht –? Wo aber?«

»Sie soll zu ihrer Mutter nach der Grenze gegangen sein, oder zu andern Verwandten. Niemand weiß es genau zu sagen, ich glaube Petrick selbst nicht. Sie war plötzlich verschwunden.«

»Seit wie lange ist sie fort?«

»Seit mehreren Wochen. Warte einmal – es war, wenn ich mich recht besinne, gleich nach dem Begräbnis der Karalene.«

Wanags faßte die Tür und riß sie mit einem heftigen Ruck auf. »Die Karalene ist –«

»Tot«, ergänzte der Kämmerer.

Wanags atmete erleichtert auf. »Das ist eine gute Nachricht«, sagte er, »sie hat mich genug gequält.« Er vergaß einen Augenblick, daß er sich vergebens auf ein Wiedersehen mit Grita gefreut hatte. Heute war sie ja auch keinesfalls mehr zu erreichen; er trat also ins Haus ein, klinkte die Tür hinter sich zu, warf seine Tasche auf die Ofenbank und streckte sich daneben aus. »Hast du etwas zu essen?« fragte er.

Der Kämmerer suchte aus der Schieblade des großen Tisches ein Stück Brot und eine Speckschwarte vor, reichte ihm auch aus der Brusttasche sein Schnapsfläschchen. »Das ist eine gute Nachricht«, wiederholte Ansas, nachdem er sich gestärkt hatte; seine Gedanken waren bei der Altsitzerin geblieben. »Hat sie sich im Trunke das Genick abgestürzt, oder was war's mit ihr?«

»Man hat sie eines Morgens früh auf der Heide tot gefunden«, berichtete der Kämmerer.

»So ist sie innerlich verbrannt«, meinte der Litauer, »und der Teufel hat sie eingesteckt.«

Der Kämmerer lachte, wie einer, der nicht gläubig ist und doch nicht widersprechen mag. »Das war so die Meinung«, sagte er, »aber der Teufel hat vielleicht einen guten Helfershelfer gehabt.«

»Wie das?«

»Hm – ich will nichts gesagt haben. Aber es kam doch zu plötzlich. Sie fiel sonst nicht so leicht um, und unter freiem Himmel hat sie manchmal schon in kälteren Nächten zugebracht, ohne daß es ihr was geschadet hätte.«

»Es kommt auch einmal anders. Wenn der Teufel einen haben will, macht er ihn erst eine Weile sicher; ehe man sich's versieht, schlägt er dann zu.«

Der Kämmerer nickte zustimmend und schüttelte gleich darauf doch wieder bedenklich den Kopf. »Es kann sein«, meinte er, »aber es ist doch noch etwas anderes dabei gewesen.«

»Was?«

»Ja – was? Ich hab' in diesen Tagen das Haus aufgeräumt und auch die Kammer in Ordnung gebracht, in der die Alte gehaust hat. Du weißt, daß sie im Wandschrank neben dem Ofen zu verwahren pflegte, was sie zur Notdurft brauchte. Da standen denn auch leere Flaschen und darunter die große, in der sie aus dem Krug den Branntwein holte – sie war auch leer.«

Ansas lachte auf. »Natürlich! Wie hätte sie sterben können, wenn noch ein Tropfen übrig gewesen wäre?«

»Aber es ist ein ganz merkwürdiger Bodensatz darin – einen halben Finger hoch, weiß und glänzend.«

Der Litauer horchte auf. »Sollte die Hexe –«

»Dergleichen tut doch sonst niemand selbst in den Branntwein hinein«, bemerkte der Kämmerer, der sehr gut wußte, daß Ansas erriet, um was es sich handelte.

»Nun – sie ist tot«, schloß Ansas, den das übrige wenig beunruhigte.

»Und begraben«, fügte der Kämmerer hinzu, »ohne daß sie den Magen untersucht haben.«

Es entstand eine Pause im Gespräch. Wanags verzehrte sein kärgliches Abendbrot. »Wo ist denn mein Vater?« fragte er dann ziemlich gleichgültig vor sich hin.

»Er sucht irgendwo Arbeit als Drescher«, lautete die Antwort.

»Das wird ihm hart ankommen«, meinte Ansas, »er arbeitet nicht gern. Nun die Urte tot ist, soll er's besser bei mir haben, wenn ich erst wieder eingerichtet bin.« Das sagte er ganz ruhig; gleich darauf ging ihm wieder der erste Ärger durch den Kopf und er fuhr heftig auf: »Wer hat mir die Birken vor dem Hause heruntergeschlagen?«

»Der Herr Geelhaar hat's befohlen«, antwortete der Kämmerer, »und in den nächsten Tagen folgen die andern nach. Es ist gerade die beste Zeit zum Holzschlagen.«

Der Litauer richtete sich hoch auf und ballte die Faust. »Hat er's gewagt?« schrie er. »Mein Eigentum –! Aber das soll er büßen!«

Der Kämmerer drückte ihn auf die Bank zurück. »Lärme nicht«, bat er, »es nützt dir nichts. Herr Geelhaar hat nur über das Seinige verfügt.«

»Über das Seinige?«

»Gewiß! Er hat ja das ganze Grundstück auf dem Gericht gekauft.«

Wanags starrte ihn an. »Das Grundstück – auf dem Gericht – gekauft –? Das lügst du! Das ist nicht möglich.«

»Es ist schon möglich.«

»Und der König?«

»Was kann da der König? Das Grundstück war ja öffentlich ausgeboten und der Termin bekanntgemacht. Warum warst du nicht dabei?«

»Es gilt nichts«, schrie Ansas, »ich sage dir, es gilt nichts.«

Der Kämmerer zog die Schultern auf. »Ich weiß nicht. Aber zugeschlagen ist ihm das Grundstück mit allem, was dran und darauf ist, in aller Form, und das Erkenntnis haben sie für dich an die Tür genagelt, da du ja nicht zu finden warst.«

»Es gilt nicht«, wiederholte Wanags grimmig. »Wie können sie mein Erbe verkaufen, ohne daß ich dabei bin? Und der König hat's erst zu untersuchen versprochen.«

Der andere ließ sich auf eine Erörterung darüber nicht ein. »Billig genug hat er's erstanden«, fügte er seinem Bericht zu, »für ein Spottgeld. Es war ja bekannt, daß er schon lange sein Auge auf den Hof hatte. Da hielten die andern Bieter zurück.«

Ansas hörte kaum darauf. Er stützte die Ellenbogen auf die Knie und faßte seinen Kopf mit beiden Händen, die Stirn krampfhaft zusammendrückend. Es wollte ihm nicht klar werden, was eigentlich vorgegangen war.

Am nächsten Morgen fand sich Herr Geelhaar, der von der Rückkehr des Litauers sofort benachrichtigt worden war, schon früh auf dem Bauernhof bei seinem Kämmerer ein; Wanags schlief noch, wachte aber auf, als er den Verhaßten sprechen hörte. »Bist du ruhig und verständig genug, um mich anzuhören?« fragte der Gutsbesitzer.

»Du bist mein Gast«, antwortete der Litauer, »und ich werde auch jetzt nicht vergessen, was das bedeutet. Setze dich!« Er wies auf einen Stuhl.

Über Geelhaars breites Gesicht zog ein halb mitleidiges, halb überlegenes Lächeln. Er unterdrückte es aber, und ebenso eine sarkastische Bemerkung, die ihm schon auf den Lippen schwebte. »Man muß nicht mit dem Kopfe durch die Wand wollen, Ansas«, sagte er ernst, und zugleich möglichst gemütlich. »Wenn unser Schädel noch so hart ist, die Mauersteine sind noch härter. Es steht nun einmal fest, daß ich dieses Grundstück Wanagischken Nr. 1 in der Subhastation meistbietend erstanden habe.«

Wanags, der vornübergebeugt unverwandt zur Erde gesehen hatte, schoß jetzt von unten her einen giftigen Blick hinüber. »Wir wollen's abwarten, Herr«, sagte er dann aber gelassener, als zu vermuten gewesen war.

»Da ist nichts abzuwarten«, meinte der Gutsbesitzer, »die Sache ist fest. Ich habe das Grundstück gekauft und es gehört mir; aber ich will gleichwohl nicht, daß du zu Schaden kommst, Ansas. Du bist ein Tor gewesen, daß du nicht zum Termin hierbliebst. Freilich konntest du nicht wissen, daß die Karalene mit Tode abgehen und das Grundstück dadurch einen hübschen Groschen im Preise steigen würde, aber ein verständiger Mensch läuft doch nicht davon, um seine wichtigsten Angelegenheiten dem Zufall zu überlassen. Was ist die Folge gewesen? Ich habe spottbillig gekauft, weit unter dem Werte, wie ich ihn allezeit geschätzt habe. Wenn ich nun sagen wollte: das ist eine Sache für sich und gekauft ist gekauft, so könnte kein Mensch mir etwas anhaben, und auch vor Gott wär's keine Hundsfötterei. Aber ich will keinen Vorteil machen durch deine Unvorsichtigkeit und Nachlässigkeit, Ansas, sondern christlich mit einem alten Nachbar verfahren. Es soll so sein, als ob ich von dir selbst gekauft hätte, ungefähr zu dem Preise, den ich dir früher einmal genannt habe, die Verwahrlosung des Grundstücks in der Zwischenzeit abgerechnet. Deinen Vater hab' ich schon abgefunden, und er hat mir die Hand geküßt; deine Schwester Mare werde ich ausstatten, wenn sich zu ihr ein Mann findet, und dir – nun dir gebe ich hier aus freien Stücken dreihundert Taler Kaufgeld. Damit ist dann, meine ich, reiner Tisch gemacht.«

Er nahm dabei seine lederne Brieftasche aus dem Rocke, zog bedächtig die Wertscheine vor und breitete sie auf der Platte aus.

Wanags sah ihm von seinem Platz aus zu, ohne die geringste Gemütsbewegung zu verraten. Nur wurden seine Blicke noch stechender, und seine Lippen zogen sich auf, so daß die weißen Zähne frei wurden. Er ließ ganz ruhig Geelhaar die Papiere einzeln auf den Tisch legen und überzählen; dann aber sagte er mit einer verächtlich abweisenden Handbewegung: »Behalte nur dein Geld – ich habe dir nichts verkauft.«

»Du bist ein Narr!« platzte der Gutsbesitzer heraus.

Der Bauer ließ sich durch nichts aus der Fassung bringen. Er griff in die Westentasche und holte ein kleines Papier hervor, wickelte dasselbe langsam aus und legte seinerseits zwei Goldstücke auf den Tisch. »Da sind deine Zinsen«, sagte er, »und nun sind wir auseinander.«

Geelhaar schlug ärgerlich mit der Faust auf die Platte. »Da soll doch –! Was willst du mir jetzt mit den Zinsen? Für Dummheit kann kein Mensch; aber so borniert –! Nun? Nimmst du das Geld, oder nicht?«

Ansas schüttelte energisch den Kopf. Geelhaar packte die Papiere eilig zusammen und warf sie unordentlich in die Brieftasche. »Ich will dir drei Tage Zeit lassen«, rief er. »Besinnst du dich inzwischen, so kannst du dir das Geld abholen kommen. Wenn nicht, so ist es mir – um so lieber; ich kaufe gern billig.« Er wandte sich dann an seinen Kämmerer, der verwundert zugeschaut hatte. »Ihr seid Zeuge, Mann! Und heute fangt Ihr mit den Bäumen hinter dem Haus an; ich will freies Feld haben.« Er ging, ohne zu grüßen.

Ansas erster Gang war zum Richter. Er fragte ihn, ob der König in seiner Angelegenheit nichts veranlaßt habe? O gewiß, hieß es, ein großes Schreiben sei heruntergekommen zum Bericht, und sogar einer der Herren vom Obergericht habe eine außerordentliche Revision abgehalten, aber es sei alles in bester Ordnung gefunden. Wanags schwieg; eine Krähe hackt der andern nicht die Augen aus, dachte er.

Ein Besuch beim Landrat endete nicht tröstlicher. Das Grundstück sei in aller Form Rechtens verkauft, wurde er beschieden, und da sei nichts weiter zu tun. Er suchte auch den Pfarrer auf, zu dem er stets Vertrauen gehabt hatte, und klagte bei ihm die irdische Gerechtigkeit an. Aber der Geistliche hielt ihm selbst eine Strafpredigt nach dem Thema: Unfriede verzehrt! und meinte, er habe seinen Verlust sich selbst und seiner Prozeßsucht zuzuschreiben und solle sich nun fleißig an die Arbeit machen, wenigstens einen Teil des Verlorenen wieder einzubringen. Ansas küßte beim Abschied in gewohnter Weise seine Hand, aber die Galle lief ihm dabei ins Herz. Nicht einmal in der Kirche bekommt ein armer Litauer Recht, knurrte sein Unmut.

Er wanderte nach der Grenze, nach Grita zu hören. Ihre Mutter, meinte er, würde doch Auskunft über sie geben können. Sie sei hinüber zum Kaplan, hieß es, – die werde doch noch einmal katholisch werden. Das wunderte ihn, aber er sagte gleichwohl nichts, sondern ging ihr, so müde er auch war, eine Strecke über die Heide entgegen. Es dunkelte schon, als ihm eine Frauengestalt eilig entgegenkam. Sie hatte den Kopf mit Tüchern verbunden und einen wollenen Rock wie einen Mantel um die Schultern gehängt; trotz dieser Vermummung erkannte er sein Mädchen doch gleich am Gang und beflügelte nun auch seinen Schritt und rief ihr entgegen: »Grita!« Sie stutzte und zog das Tuch vom Gesichte fort, erkannte ihn, machte schnell die Arme frei und warf sich stürmisch an seine Brust. Er hörte sie laut schluchzen.

Dann gingen sie zusammen weiter; Ansas legte die Hand auf ihre Schulter, und Grita lehnte den Kopf an die seinige, gesprochen wurde eine Weile gar nicht, und hinterher vom Unwichtigsten zuerst – daß der Winter recht kalt werde und der Wind eisig von Norden wehe, und daß ihre kleine Schwester beim Gange zur Schule die Finger erfroren habe, und daß in letzter Nacht Spiritus über die Grenze gebracht und viel geschossen sei. Dann fragte er sie, ob sie beim Kaplan gewesen wäre, wie ihre Mutter meine, und was sie da wolle. Sie wurde verlegen und fing wieder an zu weinen und sagte endlich, sie habe heimlich etwas Weihwasser geholt für ihre kleine Schwester, die erfrorene Hand damit einzureiben. Das fand er keineswegs tadelnswert, nur daß sie weinte und so zögernd antwortete, schien ihm auffallend. Warum sie denn von Petrick fortgegangen sei, erkundigte er sich nun und fügte hinzu, einen so traurigen Abend, wie den gestrigen, habe er selten gehabt, da er sie nicht gefunden. »Du bliebst so lange fort«, sagte sie zitternd, »und es litt mich nicht bei dem alten schweigsamen Mann in der Nähe des

Hauses, aus dem sie die Urte fortgetragen hatten – und ich sah immer den schwarzen Sarg bei Tag und bei Nacht.« Das war kaum eine ausreichende Erklärung, aber Ansas nahm sie ohne Bedenken dafür und sprach seine Freude darüber aus, daß er das tobsüchtige Weib nicht mehr angetroffen habe; daraus schwieg sie und hätte doch froh einstimmen müssen, wie er dachte.

Sie war überhaupt so eigen und ganz verändert – gar nicht mehr so munter und beweglich wie früher. Das kommt wohl daher, überlegte Ansas, weil sie die Hochzeit wieder gestört meint; er hatte aber keinen rechten Mut, davon anzufangen.

»Du wirst doch die Nacht bei uns bleiben?« fragte Grita, als sie im Dorf anlangten. Er trat mit ihr in ihrer Mutter Haus. Es brannte Licht in der Stube, die Frau faß am Spinnrocken, und die Kinder hockten am warmen Ofen. Er zog den Pelz ab und sah zu, wie Grita die Tücher vom Kopfe wickelte und die Röcke in Ordnung brachte. Jetzt erst sollte ihm wieder das liebe Gesicht erscheinen, nach dem er sich so lange gesehnt hatte; aber er erschrak fast, als sie dicht vor ihn trat – es war das liebe freundliche Gesicht nicht mehr. Er hätte sich einbilden können, viele Jahre lang fortgewesen zu sein, so gealtert sah sie aus. Die Wangen waren eingefallen und die Augen blau umrändert, und eine grämliche Falte hatte sich in die Stirn gedrückt. »Bist du krank gewesen, Grita?« fragte er bestürzt. Sie schüttelte den Kopf.

Er nahm das goldene Kreuz vor, das er ihr mitgebracht hatte, wickelte es aus dem Papier und reichte es ihr. »Ach –!« rief sie, offenbar freudig überrascht, und ihr Gesicht erheiterte sich plötzlich. Sie lehnte sich mit dem Ellenbogen auf den Tisch, an dem sie ihm gegenübergestanden hatte, hielt das Kreuz unter das Licht und beugte sich darüber, es genauer zu betrachten. Die Steine funkelten aus dem Golde vor, und ihre Augen blitzten munter. Aber dann schien wieder eine trübe Vorstellung ihre Gedanken abzulenken. Wie man den Schatten einer Wolke über ein sonniges Getreidefeld ziehen sieht, so verlor sich auch von ihrem Gesicht der Sonnenschein. Sie drückte einen Kuß auf das Kreuz, und als sie sich aufrichtete und abwendete, rollten ihr die hellen Tränen über die Wangen.

»Das bringe ich dir vom König aus Berlin mit«, sagte er beruhigend, »und du kannst es vor allen Leuten in der Kirche tragen, wenn es dir gefällt.«

»Es gefällt mir wohl«, antwortete sie matt, »und es ist ein – Kreuz.« Dabei mußte ihr nun wieder etwas durch den Sinn gehen, was Ansas nicht erraten konnte, denn sie legte rasch das Angebinde hinter sich auf den Tisch und eilte in die Kammer neben der Stube.

Die Kinder kamen nun vom Ofen herbei, besahen das kleine Kunstwerk erst schüchtern von weitem und ließen es dann von Hand zu Hand gehen. Auch Gritas Mutter schaute vom Spinnrocken auf. »Was fehlt dem Mädchen?« fragte Ansas leise. Sie zuckte die Achseln, lächelte aber dabei so eigen – ihm wurde ganz beklommen zumut. Nach kurzem Bedenken folgte er Grita in die Kammer.

Es war dunkel dort; nur durch die Türöffnung fiel ein schwacher Lichtschein auf die Dielen und kreuzte sich mit der dämmernden Nachthelle, die vom kleinen fast viereckigen Fenster her in das schmale Gemach drang. Ansas konnte anfangs nicht erkennen, was er suchte, aber aus der Ecke am großen Ofen hervor, der mit seiner Rückseite die Kammer wärmte, vernahm er ein leises Schluchzen und ging darauf zu. »Worüber weinst du denn, Grita?« fragte er traurig, indem er sich neben ihr auf die Bank niederließ und ihre Hand ergriff. Nun wandte sie sich rasch zu ihm, umarmte ihn und küßte ihn stürmisch. Auch das war sonst nicht ihre Art.

Ansas war doch schon beruhigt; er glaubte nun zu wissen, daß sie gegen ihn nichts haben könne. Er liebkoste sie und gab ihr all die zärtlichen Namen, die sie sonst von ihm gehört hatte, an denen seine Sprache so reich ist. Und dann fing er an zu erzählen, wie es ihm auf der weiten Reise gegangen, und wie er zum König eingelassen sei, und wie ihm der Kronprinz selbst Schutz zugesagt habe, und wie man ihm nun doch zu Hause das seinige nehmen wolle. »Aber, ich merke wohl«, schloß er, »daß sie ein schlechtes Gewissen haben. Geelhaar, der arge, hat mir Geld angeboten, wenn ich das Haus räume – sie sollen mich nicht um mein Erbe betrügen! Ich räume das Haus nicht, und wenn du willst, Grita, machen wir in acht Tagen Hochzeit und ziehen ein. Ich will einmal sehen, wer uns daraus zu vertreiben wagen sollte.«

Er hatte geglaubt, ihr damit die angenehmste Aussicht zu eröffnen, aber sie zitterte plötzlich am ganzen Leibe und wurde eiskalt und dann wieder glühend heiß. »Nein – nein, Ansas«, stieß sie gepreßt die Worte vor, »nicht in das Haus – ich setze meinen Fuß nicht mehr in das Haus –«

»Als meine Frau, Grita –«

»Auch nicht als deine Frau – nie, nie mehr!«

»Aber weshalb, Grita –? Weshalb –?«

»Die Urte –«, stammelte sie und drückte das Gesicht fest an seine Brust, die eigene Stimme erstickend.

Wanags durchzuckte es, wie ein Blitzfunke. Die Urte –! In seinem Hirn dämmerte etwas auf und verschwand wieder und tauchte von neuem greifbarer hervor; und es zog hinab bis in seine Brust wie ein ungeheurer Schmerz und versetzte ihm den Atem und preßte ihm so das Herz zusammen, daß es nur mit Mühe schlagen konnte. Er sagte kein Wort und fragte auch nichts mehr – er wußte alles.

Und so saßen sie wohl eine Stunde, lautlos und fast bewegungslos Arm in Arm. Grita wußte, daß sie verstanden war; Ansas brütete in sich hinein. Dann schien er seinen Entschluß fertig zu haben. Er stand auf und sagte. »In mein Haus kommst du nicht – gut! Ich will uns eine andere Stätte zur Wohnung bereiten – aber du mußt zufrieden sein mit dem, was du findest. Willst du, Grita?«

»Ich will!« antwortete sie, »aber verlaß mich nicht, Ansas – es war ja deinetwegen –«

»Still – still!« rief er geängstigt und legte die Hand auf ihren Mund. Dann ging er in die Stube zurück, zog seinen Pelz an und verließ das Haus. Dichte Eisflocken stürmten ihm entgegen, er merkte nicht auf Wind und Wetter. Die Landstraße war ganz menschenleer – niemand sah, wohin er seinen eiligen Schritt lenkte. – –

In derselben Nacht brach in Wanagischken Feuer aus. Des Ansas Wanags Haus und Stall und Klete brannten nieder bis auf den Grund.

*

Da war nun am Morgen eine schwarze Brandstelle, wo am Abende noch ein wohnliches Gehöft gestanden hatte. Die Verwüstung markierte sich um so schauerlicher, als rundherum Schnee lag. Halbverfallene Lehmwände mit leeren Türöffnungen und Steinfundamente zeigten hier und dort den Grundriß der Baulichkeiten an; darüber und darunter lagerten verkohlte Balken und Fenstergerüste in wirrem Durcheinander. Aus dem Gärtchen ragten ein paar Baumstrunke auf, ebenfalls geschwärzt von Rauch und von Feuer angefressen. Ein trauriger Anblick!

Herr Geelhaar hatte so seine klugen Gedanken, aber er hütete sich wohl, sie laut werden zu lassen. Warum sich den rachsüchtigen Menschen noch mehr verfeinden, dem schließlich doch nichts zu beweisen sein würde. Übrigens hatte er eher Vorteil als Nachteil von dem Feuer, wenn er seine Vermutung unterdrückte, daß es bei dem Brande nicht mit rechten Dingen zugegangen sei. Zum Frühjahr hätte er das Haus ja doch herunterreißen lassen müssen, und nun stand noch eine ganz namhafte Brandentschädigung in Aussicht. Er war der Mann nicht, so etwas von der Hand zu weisen.

Ansas Wanags ließ sich an der Brandstelle erst nach mehreren Tagen blicken. Er hatte einen Spaten und eine Hacke mitgebracht und fing bald rüstig an, hinter der noch am besten erhaltenen Mauer den Schutt fortzuräumen und die verkohlten Balken und Bretter zur Seite zu legen. Dann grub er ein etwa manntiefes Loch in die Erde, zwölf und mehr Fuß lang und breit, und schnitt auf der einen Seite Stufen zum Hinabsteigen in die Wand. Oben um den Rand legte er regelrecht eine doppelte Schicht von Steinen und Ziegeln, vorn und hinten schräg aufsteigend nach der Mauer hin, und deckte den ganzen vertieften Raum mit einer mehrfachen Lage von alten Balken, Pfosten und Bretterresten ein. Darüber häufte er noch zur besseren Befestigung Schutt und Erde. Vorn blieb ein Loch zum Eingang, geschützt durch einen Aufwurf von allerhand zertrümmertem Material, an der hinteren Giebelseite eine kleine Öffnung als Fenster oder Schornstein. In das Innere brachte er Stroh und Moos.

Es konnte nicht fehlen, daß sich vom Gut und der Nachbarschaft Leute zusammenfanden, die diesem wunderlichen Bau zuschauten und die Kunde weitertrugen, daß Ansas Wanags zurückgekehrt sei und sich auf der Brandstätte einlogiere. Auch Geelhaar fühlte sich auf die erste Nachricht hin bewogen, an Ort und Stelle Erkundigung einzuziehen, was der Litauer eigentlich beabsichtige. Sobald Ansas ihn kommen sah, hob er das Gewehr auf, das er bis dahin unter einem Baumstubben verwahrt gehabt hatte, und stellte es recht auffällig neben sich. Dann wartete er, ohne sich weiter in der Arbeit stören zu lassen, eine Anrede ab.

»Was, zum Henker! tust du denn da, Ansas?« fragte der Gutsbesitzer, nachdem er eine Weile stumm zugeschaut hatte.

Ansas richtete sich auf, stützte sich auf den Spaten und sah herausfordernd zu ihm hinüber. »Ich baue mir mein Haus zum Winter, Herr«, rief er; »ein jeder will doch eine Wohnung haben.«

»Aber hier auf meiner Brandstelle?«

»Auf *meinem* Grund und Boden, Herr! Ich denke, dagegen wird niemand etwas haben können.«

Geelhaar schnippte mit den Fingern. »Laß doch die dummen Redensarten, Ansas. Ich denke, du hast schon beim Richter und beim Pfarrer gehört, wie die Sache steht.«

Wanags lachte ihn grinsend an. »Wir werden sehen, Herr.«

Geelhaar knurrte etwas ärgerlich vor sich hin. Nach einer Weile fragte er: »In dem Loche gedenkst du den Winter über zu hausen?«

»Es hat nicht jeder ein großes Haus mit festem Dach und vielen Stuben«, war die ausweichende Antwort.

Der Gutsbesitzer wickelte sich fester in seinen Pelz »Das ist keine Wohnung für Menschen, Ansas; sobald der Schnee schmilzt, zieht sich das Loch voll Wasser. Das ist keine Wohnung für Menschen, sag ich dir.«

»So wird sie für wilde Tiere doch gut genug sein«, grinste Wanags; »nimm dich in acht! Ich bin jetzt ein wildes Tier, wenn man mich reizt.«

»Ein Querkopf bist du«, bemerkte Geelhaar derb zufahrend. »Wenn du kein Unterkommen hast, warum wendest du dich nicht an mich? Bei mir steht im Insthaus eine Wohnung leer; ich will sie dir gern zum Winter überlassen, und wenn du zum Sommer bei mir arbeiten willst, Ansas, werden wir auch fürs weitere einig werden.«

Der Litauer schüttelte energisch den Kopf. »Nicht zum Winter und nicht zum Sommer. Ich gehöre hierher. Ist's kein Wohnhaus, so ist's doch zur Not ein Hundestall, und ich will meinen eigenen Hund spielen, bis ich wieder Herr auf dem Meinigen bin.«

»Aber ich kann dich da nicht leiden, Ansas; ich muß aufräumen lassen.«

Statt jeder Antwort griff der Litauer langsam nach dem Gewehr, hob es auf, prüfte das Schloß und setzte es wieder zur Seite. Geelhaar wußte, was er meinte. Sein breites Gesicht sah zwar aus, als ob es lachte, aber es war ihm nicht ganz wohl dabei. »Du wirst dich besinnen«, sagte er und ging fort. –

Erst als Wanags seine Erdhütte ganz fertig eingerichtet hatte, machte er sich eines Abends spät auf den Weg nach der Grenze zu. Er langte gegen Mitternacht vor dem Haus an, in dem Grita bei ihrer Mutter wohnte, ging um dasselbe herum und klopfte an das Fenster der Kammer, in der, wie er wußte, das Mädchen schlief. Grita schreckte aus einem schweren Traum auf. »Ich bin's, Grita«, rief er hinein. »Zieh dich an, nimm mit dir, was dir gehört, und komm heraus.« Sie gehorchte, ohne weiter zu fragen.

Ansas ging vor der Türe auf und ab, bis sie sich bei ihm einfand. Sie hatte sich ausgerüstet wie zu einem weiten Gang über Land und trug ein Bündel in der Hand. »Das Haus steht nicht mehr«, sagte er, als sie neben ihn trat.

»Ich weiß es«, sagte sie leise, »es soll abgebrannt sein.«

»Es ist abgebrannt mit allem, was darin war – und alles, was darin geschehen ist, ist weggebrannt vom Erdboden.«

Sie seufzte schwer.

»Aber die Erde ist rein«, fuhr er fort, »und sie gehört mir. Willst du mir folgen, Grita?«

Sie lehnte sich auf seinen Arm und ließ den Kopf auf seine Schulter sinken. »Willst du mir jetzt folgen, Grita?« fragte er noch einmal. »Ich habe kein Aufgebot beim Pfarrer bestellt, und eine lustige Hochzeit wird's nicht geben, Liebchen. Aber ich habe eine Wohnung, groß genug für uns beide, und ich will auf Arbeit gehen, bis ich wieder ackern und säen kann. Was haben wir noch mit dem Pfarrer zu tun? Er ist falsch, wie alle andern. Und arme Menschen, wie wir, was kümmert's die, ob man von ihnen gut oder schlecht spricht. Willst du mir folgen?«

»Komm!« sagte sie entschlossen. »Es ist jetzt besser so. Ich bin ja doch verworfen vor Gott – er würde uns nicht segnen.«

Ansas durchschüttelte es frostig. Aber er faßte sich mannhaft, umarmte sie und raunte ihr ins Ohr: »Sei ruhig! Ich nehm's auf mein Gewissen.«

»Nein, nein!« rief sie erschreckt, »das sollst du nicht – aber ich will dich lieben in alle Ewigkeit.«

Sie schritten fort durch die sternenhelle Nacht, zwei – drei Stunden lang, ohne zu sprechen. Und dann kamen sie über die Brücke vor seinem Heimatsdorf und bogen seitwärts ab. Grita zog das Tuch vom Gesicht fort und schaute nach der Stelle, wo das erste Bauernhaus unter den Bäumen gestanden hatte – sie war leer; nur niedrig über den Erdboden erhob sich etwas wie ein kleiner Hügel von Schutt. Er faßte ihre Hand und führte sie zwischen den Trümmerresten durch bis zu seiner Erdhütte, hob die Bretter vom Eingang fort und zeigte in die Höhle hinab: »Da ist die Brautkammer!«

Grita stand zitternd. »Willst du umkehren?« fragte er, und es klang, als sagte er: bleibe bei mir, geh nicht. So verstand sie's auch. Aber sie zögerte noch, und er legte den Arm fest um ihren Leib und schob sie vor sich hin dem Eingang zu. Plötzlich ging ihr etwas durch den Sinn. Sie riß die Jacke auf und zog das goldene Kreuz vor, das sie auf dem Herzen getragen hatte, hielt es vor ihn hin und sagte mit feierlicher Betonung: »Willst du mir treu sein, Ansas? Beim Kreuz des Erlösers –!«

»Wie du mich liebst – in Ewigkeit!« antwortete er.

Sie stiegen die Grabstufen hinab. –

*

Der Winter ging hin. Ansas arbeitete fleißig im Marktflecken und gewann reichlich so viel, als er für sich und Grita brauchte. Man verwunderte sich anfangs nicht wenig über das Paar und dessen sonderbare Wirtschaft; aber bald war man's gewohnt, von der Brandstätte her mittags und abends Rauch aufsteigen zu sehen, und dann achtete man auch darauf nicht mehr. Jeder hatte ja auch mit sich selber genug zu tun.

Herr Geelhaar ließ Wanags fürs erste ganz in Ruhe. Die Kälte wird ihn schon austreiben, dachte er, oder das Tauwetter später. Als aber das Frühjahr kam, und der eigensinnige Litauer gar keine Anstalten machte, sich zu entfernen, vielmehr rings um seine Hütte herum zu graben anfing, als wolle er sich auch zum Sommer einrichten, platzte ihm doch die Geduld. Er schickte seinen Kämmerer ab und ließ ihm sagen, daß er in drei Tagen den Platz zu räumen habe, wenn er nicht durch die Polizei herausgesetzt sein wolle. Ansas antwortete wieder, das wolle er abwarten. Der Gutsherr versuchte selbst noch einmal gütliche Überredung. Vergebens – Wanags zeigte das Gewehr. Nun wandte er sich wirklich an die Behörde mit der Bitte um Beistand gegen den frechen und hartnäckigen Eindringling.

Und so rückte denn eines frühen Morgens wirklich der Gerichtsexekutor vor die Brandstätte und erließ aus einiger Entfernung – er fürchtete in der Nähe übel anzukommen – eine feierliche Aufforderung, die Erdhütte aufzugeben und von dem fremden Grund und Boden abzuziehen. Er war nicht allein und verfehlte nicht, dies in seiner Ansprache besonders scharf zu betonen; das Amt hatte ihm seinen alten Amtsdiener und der Landrat einen Gendarm zur Assistenz beigesellt, denn der Fall erregte über die Gerichtsstube hinaus Interesse. Ansas Wanags erschien auf den Stufen im Eingang, musterte die bewaffnete Macht, die ihn zu vertreiben kam, und erklärte, er werde jeden niederschießen, der sein und seines Weibes Frieden störe. »Ihr müßt auseinander«, rief ihm der Amtsdiener zu, »die Polizei leidet es nicht, ihr seid kein rechtes Paar.« – »So versucht doch, uns zu trennen«, rief der Litauer ihnen entgegen. – »Macht uns keine Ungelegenheiten, Ansas«, suchte der Gendarm zu vermitteln; »du bist Soldat gewesen und weißt, was Gehorsam heißt; auch ich bin Soldat und habe meinen dienstlichen Befehl und muß allenfalls mit der Plempe zugreifen, wenn du nicht gutwillig gehst. Fort mußt du ja doch, davon ist kein Redens weiter. Besinne dich also schnell.« Er näherte sich dem Verschlag, aber Wanags griff hinter sich und legte den blanken Lauf seiner Flinte über den schützenden Wall. »Es wird nicht viel Redens davon sein«, sagte er mit aller Festigkeit. »Will das der König, daß seine Litauer, die ihn liebhaben und gern für ihn bluten, aus dem Lande gejagt werden, das ihren Vätern gehörte von Uranbeginn? Um Haus und Hof bin ich gebracht, meine Felder liegen wüst, ich erleb's nicht mehr, daß wieder die schlanken Birken mein Dach beschatten – wollt ihr mir nicht einmal diese Höhle in der Erde gönnen, die selbst Tieren zu schlecht wäre? Warum ertrage ich darin Kälte und Nässe, als weil ich mein Erbe hüte? Geht und laßt mich in Frieden.«

Die drei berieten nun miteinander, was zu tun sei. »Sie haben den richterlichen Befehl zur Ausführung zu bringen«, bedeutete der Gendarm den Exekutor, »und müssen deshalb zuerst Hand anlegen. Wir andern haben nur Auftrag, Ihnen Beistand zu leisten bei tätlicher Widersetzlichkeit.« – »Ganz richtig!« bestätigte der Amtsinvalide. »Das wäre mir!« meinte der Exekutor, seinen Schnauzbart zupfend, »damit ich die Kugel in den Leib bekomme; denn der Kerl ist zu allem fähig. Ich bedanke mich. Wir haben unsere Pflicht ausreichend getan, ist meine Meinung. Wir haben ihn aufgefordert, sein Logis zu verlassen, und die Herren sind meine Zeugen, daß er ein Gewehr auf mich gerichtet hat. Das ist alles, was sein kann – berichten wir erst einmal.«

Und es wurde berichtet und beraten und beschlossen, möglichst glimpflich vorzugehen. »Es kann uns nicht lieb sein«, äußerte der Landrat vorsichtig, »wenn die Sache noch mehr Aufsehen macht. Freilich ist gegen Wanags ganz nach der gesetzlichen Ordnung verfahren, und man kann weder dem Gericht noch der Verwaltungsbehörde etwas vorwerfen. Aber es ist doch in höchsten Kreisen mißliebig bemerkt worden, daß dergleichen Beschwerden von hier ausgehen können, und ich bin zu einem weitläufigen Bericht über die Verhältnisse der litauischen Bevölkerung aufgefordert worden. Findet sich nun vielleicht gar noch ein Zeitungsschreiber, der den Fall aufputzt und in die Öffentlichkeit bringt, so gibt's die größten Unannehmlichkeiten. Es darf kein Schuß fallen. Stellen wir eine Wache auf, die zwar jeden aus der Erdhöhle heraus, aber niemand hinein läßt. Wanags kann sich ohne Nahrungsmittel nicht lange halten und wird seine Festung selbst aufgeben müssen.«

So geschah's. Der Gerichtsbote und der Amtsdiener standen abwechselnd auf Posten, und auf dem Gute war alles in Bereitschaft, um sofort die Brandstelle räumen und das Loch in der Erde füllen zu können. Ansas erkannte bald, was man im Schilde führte; sobald er seine Burg verließ, war sie für ihn verloren. Auf eine solche Belagerung hatte er sich nicht eingerichtet, aber mit der ihm eigenen Zähigkeit beschloß er, lieber die äußerste Not abzuwarten, als sich zu ergeben. Grita hatte keinen eigenen Willen; würde er verlangt haben, daß sie mit ihm sterbe, sie hätte sich ohne Widerspruch gefügt.

Die vorhandenen Lebensmittel reichten nur für einen Tag, aber noch zwei weitere Tage hungerten sie, immer in der Hoffnung, daß ihre Verfolger die Geduld verlieren würden. Endlich brach Grita, schon geschwächt durch den langen Aufenthalt in der feuchten Erdhöhle, kraftlos zusammen. Ansas trug sie in die frische Lust und lehnte sie gegen die verfallene Mauer, die von der Frühlingssonne durchwärmt war. Sie erholte sich von ihrer Ohnmacht, aber das Sprechen wurde ihr schwer, und sie sagte nur wiederholt mit matter Stimme: »Es ist gut, Ansas – sorge nur für dich.« Das goldene Kreuz hielt sie immer in der Hand und drückte von Zeit zu Zeit einen Kuß darauf. Dem armen treuen Menschen ging ihr Leiden tief zu Herzen, aber noch eine Weile kämpfte der Trotz gegen das Mitgefühl an. Dann ergab er sich in sein Geschick mit Tränen in den Augen. »Wir müssen von hier scheiden, Grita«, sagte er finster, »geschehe denn bald, was doch einmal geschehen muß. Wir sind von Gott und den Menschen verlassen.« – »Von Gott verlassen –«, wiederholte sie kaum hörbar.

Er hing das Gewehr über die Schulter, faßte Grita um den Leib und führte sie seufzend fort. Auf der Brücke promenierte der Amtsdiener. Kaum war das Paar vorüber, als er auch schon nach dem Gut eilte und die Neuigkeit publizierte. Herr Geelhaar selbst machte sich ohne Zögern mit seinen Leuten auf; Fuhrwerke wurden nachbestellt. In weniger als einer Stunde waren die Holz- und Ziegeltrümmer von der Brandstätte abgeräumt, die Dachstützen fortgezogen, die Vertiefungen ausgefüllt. Am Nachmittage ging der Pflug über die Scholle. –

Ansas stärkte sich und Grita im nächsten Krug mit Speise und Trank. Dann setzten sie ihren Weg nach der Grenze fort. Am Rand eines einsamen Wäldchens machte er halt und hieß sie, sich auf einen der großen Felssteine niederlassen, die hier aus dem Boden vorragten. »Ich muß noch einmal zurück«, sagte er, und es war das erste Wort, das er sprach, seitdem sie ihre Wanderung angetreten hatten.

»Zurück?« fragte sie erschreckt. Es lag in dem Ton seiner Stimme etwas, das ihr seine tiefste Erregung verraten mußte.

»Ich muß noch einmal zurück«, wiederholte er mit einiger Heftigkeit. »Warte hier auf mich, ich halte mich nicht lange auf. Wir sind eine halbe Stunde von der Grenze, du kennst ja den Weg über die Heide. Vor Nacht kann ich wieder zurück sein, und wir gehen dann zusammen hinüber. Komme ich *nicht* bis dahin – so geh allein bis zum Grenzdorf; man wird dich dort aufnehmen, wenn du sagst, daß wir von den deutschen Schurken ausgetrieben sind.«

»Ich gehe nicht allein über die Heide«, äußerte Grita mit rascher Entschiedenheit; »da haben sie – eines Morgens früh die Urte gefunden –«

»Kannst du's nicht vergessen?« murmelte er, die Augen senkend. Er nahm das Gewehr von der Schulter, öffnete und schloß den Hahn und besichtigte den Lauf auf und ab, sicher ohne zu wissen, was er eigentlich tat. »Gut! so bleibe hier«, sagte er nach einer Weile, »und ruhe aus. Es könnte sein, daß wir uns beeilen müßten, wenn ich zurückkehre.« Er wandte sich zum Gehen.

Grita stand auf und hielt ihn am Arme fest. »Was hast du vor, Ansas?« fragte sie zitternd.

»Warum sollst du's wissen?« entgegnete er, den Kopf aufwerfend. »Es ist besser, wenn es geschieht, ohne daß du teil daran hast. Frage nicht und laß mich gehen.«

»Ich lasse dich nicht fort, Ansas«, rief sie. »Du sagst mir denn, was du im Sinn hast. Es ist nichts Gutes.«

»Es ist nichts Gutes und muß doch geschehen. Ich habe mir's geschworen, daß er von meinem Acker nicht ernten soll, und er wird nicht ernten.«

»Ansas!« schrie sie entsetzt auf. »Hab' ich's erraten? Du willst –«

»Ich will über die Grenze zu den Schmugglern und nehme dich mit mir, Grita«, sagte er finster und halb abgekehrt, »aber ehe ich meine Flinte drüben lade, muß sie hier doch abgeschossen sein. Es ist eine Kugel im Lauf.«

Sie faßte mit beiden Händen seine Arme und zog ihn zu sich heran. »Sieh mir ins Gesicht, Ansas – du willst zurück, um dem Gutsherrn aufzulauern, um ihn –«

Der Litauer lachte hell auf. »Aufzulauern? Nein, wahrhaftig nicht! In sein Haus will ich offen eintreten und ihm sagen, daß ich elend und heimatlos geworden bin durch ihn, und daß ich komme, meine Rache zu nehmen. Und dann will ich das Gewehr auf ihn anlegen, und wenn es nicht versagt, so ist es Gottes Wille.«

»Es ist des Teufels Lockung«, rief sie totenbleich und bebend am ganzen Körper. »Ich weiß es, Ansas, ich weiß es. Bevor es geschehen, ist das Herz voll Galle, und man meint alle Bitterkeit loswerden zu können mit dem einen Entschluß, wenn man den Grund aus der Welt schafft. Aber es kommt ganz anders. Die Toten sind nicht tot, Ansas, glaube mir – sie sind nicht tot. Sie wandeln bei Tag und bei Nacht vor uns her und schauen uns hohlen Auges an und sprechen zu uns mit bekannter Stimme. Sie fordern immer ihr Leben zurück, dringlicher und dringlicher, und es hilft dir nicht, wenn du dir selber fluchst. Was du auch tust, deine Gedanken müssen immer auf den einen Punkt. Ach! es ist schrecklich – schrecklich!« Sie brach in lautes Weinen aus.

Er stand regungslos. Ihre Worte hatten ihn erschüttert. War er doch so lange der Zeuge ihrer stummen Leiden gewesen, und kannte er doch deren geheimen Grund. Und nun wollte auch er *seine* Seele belasten mit einem – Mord? Und dennoch! Sollte jener frei ausgehen? »Soll jener frei ausgehen?« fragte er zähneknirschend, gleichsam unfreiwillig seine Gedanken bloßlegend. »Das ist nicht zu ertragen.«

Grita legte die Arme um seinen Hals. »Ertrag's, wenn du mich liebst«, bat sie flehentlich. »Verzeih deinem Todfeinde, und ich will denken, daß *mir* verziehen ist. Tu's nicht, Ansas, ich bitte dich, tu's nicht.«

Sie sah zu ihm auf mit einem Blick, der ihm durch Mark und Bein drang. Er hielt ihn nicht aus und schaute über sie hinweg in die Sonne hinein, bis sich ihm alles in ein Lichtmeer verwandelte, in dem schwarze Teufelsfratzen auf- und abtauchten. Dann machte er sich gewaltsam los von ihr, riß das Gewehr von der Schulter und feuerte es blind nach jener Richtung hin ab. Nun waren die gespenstischen Gestalten verschwunden, aber auch der Lichtschein. Es dunkelte um ihn – er brach zusammen und sank auf den Stein nieder.

Als er erwachte, war es wirklich Nacht. Grita saß neben ihm und hatte seinen Kopf auf ihrem Schoß. »Komm«, sagte sie mild, »mir graut nicht mehr, über die Heide zu gehen.«

Kurze Zeit nach diesen Vorfällen wurde in den Amtsstuben und in den öffentlichen Blättern viel gesprochen von einer Schmugglerbande, die sich an der Grenze organisiert habe und die Gegend unsicher mache. Die russischen Postenketten wurden verdoppelt, aber es gelang den Wagehalsigen, die auch vor dem Kampf mit Waffen nicht zurückschreckten, jedesmal auf ihren schnellen Pferden bedeutende Warentransporte durchzubringen. An der Spitze sollte ein junger Litauer stehen, der früher preußischer Soldat gewesen sei, Haus und Hof durch seine Prozeßsucht verloren habe und nun ein abenteuerndes Leben führe. Es fehlte nicht an allerhand romantischen Erzählungen von seinen kühnen Streichen, Überraschungen, scharfen Ritten, siegreichen Gefechten. Auch wollte man wissen, daß ihn ein junges Weib überallhin begleite, und daß dasselbe ein goldenes mit kostbaren Steinen besetztes Kreuz trage, unter denen ein Talisman, der vor jeder Gefahr schütze. Bald wurden litauische Lieder auf sie gemacht und in den Spinnstuben gesungen. Die russische Regierung aber setzte einen großen Preis aus für den, der die beiden einfinge. Lange entgingen sie allen Nachstellungen, denn die abergläubischen Grenzsoldaten hielten sich gern in gemessener Entfernung.

Endlich wurde das Treiben der Schmuggler so arg, daß jede Ordnung gestört zu werden drohte, wenn nicht ein energisches Einschreiten erfolgte. So zogen denn ganz heimlich einige Kompanien

Soldaten heran; die Schmuggler, die nichts davon wußten, wurden überrascht, umzingelt und zu einem Gefecht genötigt, bei dem auf beiden Seiten viel Blut floß. Der Kampf endete unglücklich für die Schmuggler, die Pferde und Warenpäcke verloren und zuletzt einzeln versuchen mußten, durch die Flucht ihr Leben zu retten.

Am nächsten Morgen fand man auf dem Kampfplatz den gefürchteten Anführer der Bande tot am Boden. Eine Kugel hatte seine Brust durchbohrt. Auf der Wunde lag das goldene Kreuz. Halb neben ihm, halb auf seine Schulter gelehnt, die rechte Hand über seine Brust hin so weit vorgestreckt, daß die Fingerspitzen fast das Kreuz berührten, ruhte eine leblose Gestalt in litauischer Tracht. Es fand sich bei ihr keine Spur äußerer Verletzung. »Sie hat nicht leben können ohne ihn«, meinten die Soldaten, aber der zur Leichenschau berufene Arzt schüttelte den Kopf und sagte: »Sie hat Gift genommen.«

So endeten Ansas und Grita.

Über tredition

Eigenes Buch veröffentlichen

tredition wurde 2006 in Hamburg gegründet und hat seither mehrere tausend Buchtitel veröffentlicht. Autoren veröffentlichen in wenigen leichten Schritten gedruckte Bücher, e-Books und audio-Books. tredition hat das Ziel, die beste und fairste Veröffentlichungsmöglichkeit für Autoren zu bieten.

tredition wurde mit der Erkenntnis gegründet, dass nur etwa jedes 200. bei Verlagen eingereichte Manuskript veröffentlicht wird. Dabei hat jedes Buch seinen Markt, also seine Leser. tredition sorgt dafür, dass für jedes Buch die Leserschaft auch erreicht wird.

Im einzigartigen Literatur-Netzwerk von tredition bieten zahlreiche Literatur-Partner (das sind Lektoren, Übersetzer, Hörbuchsprecher und Illustratoren) ihre Dienstleistung an, um Manuskripte zu verbessern oder die Vielfalt zu erhöhen. Autoren vereinbaren direkt mit den Literatur-Partnern die Konditionen ihrer Zusammenarbeit und partizipieren gemeinsam am Erfolg des Buches.

Das gesamte Verlagsprogramm von tredition ist bei allen stationären Buchhandlungen und Online-Buchhändlern wie z. B. Amazon erhältlich. e-Books stehen bei den führenden Online-Portalen (z. B. iBookstore von Apple oder Kindle von Amazon) zum Verkauf.

Einfach leicht ein Buch veröffentlichen: **www.tredition.de**

Eigene Buchreihe oder eigenen Verlag gründen

Seit 2009 bietet tredition sein Verlagskonzept auch als sogenanntes "White-Label" an. Das bedeutet, dass andere Unternehmen, Institutionen und Personen risikofrei und unkompliziert selbst zum Herausgeber von Büchern und Buchreihen unter eigener Marke werden können. tredition übernimmt dabei das komplette Herstellungs- und Distributionsrisiko.

Zahlreiche Zeitschriften-, Zeitungs- und Buchverlage, Universitäten, Forschungseinrichtungen u.v.m. nutzen diese Dienstleistung von tredition, um unter eigener Marke ohne Risiko Bücher zu verlegen.

Alle Informationen im Internet: **www.tredition.de/fuer-verlage**

tredition wurde mit mehreren Innovationspreisen ausgezeichnet, u. a. mit dem Webfuture Award und dem Innovationspreis der Buch Digitale.

tredition ist Mitglied im Börsenverein des Deutschen Buchhandels.

Dieses Werk elektronisch lesen

Dieses Werk ist Teil der Gutenberg-DE Edition DVD. Diese enthält das komplette Archiv des Projekt Gutenberg-DE. Die DVD ist im Internet erhältlich auf **http://gutenbergshop.abc.de**

Zeitfracht Medien GmbH
Ferdinand-Jühlke-Straße 7
99095 Erfurt, Deutschland
produktsicherheit@kolibri360.de